怪奇捷運
物語
3
麒麟破繭
芙蘿 著

怪奇捷運物語 3

麒麟破繭

目次

楔子　爆發

第一章　人之苦

第二章　虎姑婆

夜晚的台北東區，街頭依舊燈火通明，忠孝東路上的行人不過三三兩兩，往來的車輛不為駐足而是經過。

許樂天離開警察局之後，感到筋疲力盡的同時也仍心有餘悸，在巷子裡不時邊走邊回頭，且腳步走得很快。

儘管他是土生土長的台北人，但經過這一晚的折騰，他對於這城市的燈紅酒綠有了全新的認識：台北的夜晚，永遠都比他所知的還要刺激，還要危險。

他好不容易走出巷子，抵達忠孝東路上的忠孝敦化站一號出口，在人潮變多的環境下，才終於覺得自己安全了。

甫放慢腳步，他眼角餘光突然閃過一道暗紅色身影。

他轉頭一看，倒抽一口氣，不敢相信她竟然又追過來了。

此刻身穿酒紅色緊身洋裝的她，稜角分明的小方臉明豔亮麗，黑色波浪長髮及腰，再加上高䠷火辣的身材，馬上成為站內焦點。但只有許樂天看得出來，她的洋裝上有好幾塊顏色比剛才還要再暗一些。

她直直朝許樂天走來，對著他冷笑。

「妳幹嘛？妳想怎樣？」許樂天下意識抓緊胸口的護身玉墜，故作鎮定地說，同時也感受到旁邊幾個男性路人嫉妒的眼神。

「你要回家，我就不用嗎？」

「真的？」許樂天不太相信地看了她一眼，「那妳追來幹嘛？搭捷運回家？」

「不然呢？」她瞄了一眼許樂天的玉墜，似乎有些忌憚。

許樂天左顧右盼，心想：站內這麼多人，她應該不敢亂來吧？

這麼一想，他便冷靜下來，問她：「妳不是住在東區？」

「我只是常在東區覓食而已。這裡房子那麼貴，我可住不起。」

「可是，傳說妳不是都住山上嗎？妳幹嘛沒事跑到台北啊？」

「要不是現在小孩越來越少，我又何必搬到城市住？現在不只是小孩，大人、老人，我都來者不拒。」

「那妳也不用跑到東區裝酒醉釣撿屍男吧……」

「老娘我這是守株待兔、以逸待勞。」她撥了撥頭髮，又上下打量許樂天幾眼，搖頭惋惜，「可惜啊，我看你這肝這麼肥，吃了肯定很補。」

「不不不，我只吃黑心食品，妳千萬不能吃。」

「有空再來東區逛逛，我們一定還會再遇到的。」她邊往手扶梯走，邊回頭送許樂天一記飛吻。

那美艷魅惑、風情萬種的模樣，看得不少男路人心神蕩漾，但許樂天只感到無比噁心，露出口罩之外的眉眼皺成一團，心中發誓：希望這輩子都不會再遇到她了！

下一秒，她轉身正要邁步走下手扶梯時，突然整個人定格，好像下方月台出現什麼令她震驚的景象。

接著開始有哭聲、叫聲、求救聲從月台傳上來，另一頭向上的手扶梯瞬間湧出一群人，還有人直接逆向跑上向下的手扶梯，差點將她撞倒。

月台上似乎發生了什麼事，引起群眾恐慌。而大廳內的站務人員也發現狀況不對，有幾個正跑下去察看。

許樂天有種不祥的預感，該不會……又出現捷運隨機殺人案吧？

他與她保持一段距離，快步走到手扶梯旁的玻璃護欄，往下方月台看去。

只見月台上所有人都在咳嗽；有些邊咳邊劇烈顫抖，有些邊咳邊喘氣，還有人已經嚴重到跪在地上咳血。開始有人倒下，一個接著一個，躺平後一動也不動。

疫情期間，這景象額外令人怵目驚心。

許樂天心想：底下的人好像都同時發病，但是這種恐怖的傳播速度，根本不是目前熟知的冠狀病毒。不，就算是炭疽熱，也不可能這麼快。難道是地雷說過的「沙林（註1）」？但症狀不對啊。

越來越多人好奇地走到手扶梯口和玻璃護欄邊緣，探頭向下張望。許樂天轉頭朝要搭手扶梯下去的人大喊：「後退！危險！後退，不要下去！快出站，這裡危險！」

他身邊的幾個路人也看出月台有異，有的轉身就往出口跑，有的竟自發性地開始「封鎖」手扶梯，不讓月台的人上來大廳，使向上的手扶梯頓時擠成一團。

其中有個中年男子邊咳血邊逆向爬上手扶梯，竟被站在手扶梯口的路人一腳踹下去。

「喂！」許樂天上前喝止一聲，急忙推開手扶梯口的男人，正要走下去扶那個滾落的男人時，竟也被人從背後猛踹一腳，一下子跟著摔下手扶梯。

等到他穩住身體時，人已經跌到月台上了。

他一抬眼就看到，有個人仰面倒在距離自己不到一步的地上，整張臉和脖子都腫脹發紅，口鼻流血，雙眼圓睜卻無神地望著天花板……

註1：二戰期間，德國研發出的一種致命神經性毒氣，無色無味，殺傷力極強。一九九五年，日本奧姆真理教教徒即是以沙林毒氣在東京地下鐵展開恐攻。

楔子 爆發

第一章 人之苦

第二章 虎姑婆

第三章 山臊

二月寒冬，破曉的朝陽撥開雲層，將陽光溫柔地灑落大地。

此時多數人都還在溫暖的被窩裡熟睡，而大湖公園的青青草地上，有名綁著馬尾，穿著白色短袖T恤、牛仔褲的女人，正盤腿坐著運氣。

刺骨寒風颼颼，但絨絨一點也不覺得冷，雙目閉闔的她周身散發騰騰蒸氣。她用戲月玦引天劫並成功歷劫後，肉身得以徹底轉為人形，再也不怕狐狸尾巴和耳朵突然跑出來；並且由於修習火術，她不僅不懼焰火，身體更能時時生出抵禦寒氣的暖意。

數月前，她在北投地熱谷被覺醒的許樂天引天雷劈中後，因禍得福，升上妖道第四階「薄雲」。但在尚未升至第五階「破霞」之前，她的力量會逐漸轉弱，直至徹底消失，成為常人。

這是轉生必須要付出的代價和隱憂。

為了與之相抗，她必須持續練功，才能延緩力量衰退的速度。因此她更加勤勉，一天都不敢懈怠。

片刻後，她練到一個段落，起身活動筋骨，走到一旁的落羽松下，一邊伸展四肢，一邊對兩株小樹苗說：「你們看，那些猴精還說要跟我一起練功，結果到現在一個都沒出現。」

其中一株樹苗發出小女孩的聲音：「我們陪妳啊。」

這兩株樹苗正是小白菇和小綠芽。他們在地熱谷之戰後，被打得靈力幾乎喪盡，萬幸最後是退到妖道第一階的「洞燭」，還保有著魂魄和內丹。

「說得也是。」絨絨摸摸小樹人的葉子，「這裡靈氣充沛，你們一定很快就能再升至『湧泉階』、化成人形的。」

話才說完，猴精獨眼和紅面就半拖半扛著昏昏欲睡的神木，從捷運站走了出來。他們同樣不怕冷地身穿運動風的短袖T恤、長褲。練到第二階「湧泉」中期後，妖就不太會因外界的溫度變化而感受冷熱。

獨眼在地熱谷獲得了燭龍之眼，就不再戴黑色眼罩，那隻琥珀色的眼珠如今特別醒目。他不再是獨眼，但大家還是習慣這麼稱呼他。他自己也覺得這個綽號很酷，一點也不想改。

絨絨叉腰對他們喊道：「都幾點了？現在才來！你們錯過破曉的『金烏之氣』了。」

獨眼睡眼惺忪，語帶鼻音地回應：「對不起，我盡力了。」

紅面一邊打呵欠，一邊說：「老大，都怪神木賴床，要罵就罵他吧。」他邊說邊搖晃神木，「妳看，他搭了兩站捷運還沒醒，有夠誇張的。」

絨絨挑了挑眉，食指隔空朝神木的嘴輕點，神木立即雙目圓睜，張嘴伸舌，手掌邊搧舌邊說：「燙燙燙！」

獨眼和紅面都笑了起來，絨絨抱胸對著神木甜笑，「這下醒了吧？可以開始練功了吧？」

神木呆憨地猛點頭，「醒了醒了。」

獨眼問絨絨：「這是什麼新招啊，老大？」

絨絨斂起笑容，「你們知道我轉生之後靈力消耗得特別快，法力也會逐漸變弱。以前我施火術都是大開大闔，現在不能再這樣放縱了。所以我開始思考要『精準控制』，盡可能用最少的靈力達到目的。隔空點火不難，但要點燃魂魄的特定位置、又要控制範圍就難了，我還得多練習。」

神木驚得後退三步，「別再拿我練習了，老大！」

絨絨原就調皮，正作勢要嚇他時，忽然下腹一陣劇痛，不禁眉頭一皺，彎了腰蹲在地上。

神木奇道：「妳該不會拿自己練習吧？」

三隻猴精連忙上前關心，獨眼問她：「是不是生病了？要不要看醫生？」

紅面疑問：「是要看醫生還是看獸醫？唉，可是我聽說看醫生要健保卡的。」

神木說：「會不會只是吃壞肚子？啊！妳屁股怎麼紅了？是流血了嗎？」

這時不遠處的樹苗發話了，小男孩的聲音說：「會不會是痔瘡啊？」

另一株樹苗則發出小女孩的聲音：「你們這些男生不懂啦。她應該是『那個』來了。」

三隻猴精你看我我看你，都一臉困惑。小樹苗不想再解釋一番，只說：「快送她回家休息吧。」

絨絨換了一身乾淨衣服，躺在家裡客廳沙發上，一臉蒼白又表情厭世地說：「好痛啊……」

許樂天身穿黑色高領毛衣外加白襯衫、黑色長褲，坐在一旁為她調整抱枕的位置、蓋上棉被後，便說：「還好我事先有幫妳準備一些生理用品。」

「如果這是轉生必經的痛苦，那我也認了。」

「呃，這是所有成年女人都會經歷的。」

「只有女人嗎？為什麼男人不用？不過，竟然是所有女人都會經歷……」絨絨安慰自己，「好吧，我會把這次流的血當作是身為女人的勳章。」

「不只是這一次而已，生理期是週期性的。」

絨絨瞪大眼睛，「也就是說，以後還會有嗎？一甲子一次嗎？」

許樂天搖頭，一時不忍告訴她。

「該不會一年一次吧？快說啊。」

許樂天再搖頭，她拉著他的袖子催促。他只好說：「每個月都得經歷一次，所以才叫『月經』。」

絨絨嚇得呆若木雞，幾秒後才說：「好，也就這天。我可以的。」

「期間長短因人而異，但是好像至少要三天耶。」

「每個月都有好幾天得流那麼多血，還那麼痛……」絨絨翻了白眼，「讓我死了吧。」

呂洞賓當日所說的「眾生皆苦」，她現在好像明白一點了。

許樂天說：「我剛才有Google了，注意保暖、熱敷、多喝熱水都可以舒緩。我再去研究一下穴道按摩。」

她眼神無神地盯著天花板，「早知道當初就轉生成男人了。」

「不要啊！」

她斜睨他，「幹嘛，我是男人，你就不愛我了嗎？」

許樂天有些為難，「可能真的沒有辦法。」

她突然情緒激動地拿起背後的抱枕打他，「出去、出去！負心漢！」

「哎唷、哎唷。」許樂天不知道自己說錯什麼，只能邊挨打邊問，「真的不用我請假在家陪妳嗎？」

「才不要！快出去！」

許樂天搔搔頭，轉身對三隻猴精說：「我晚上還有部門聚餐，晚點才能回來。她就麻煩你們照顧了。」

他穿上羽絨外套、背起背包出門後，身旁的三隻猴精感受到絨絨的低氣壓，不敢像平常一樣吵吵鬧鬧、東跳西竄，只是安分地坐在旁邊的位子或地上。

紅面小聲說：「唉老大當妖當得好好的，幹嘛去轉生、自找麻煩啊？」

神木聳肩、攤手，表示不解。

這時門鈴響了。

獨眼奇怪地跑去開門，一大束紅玫瑰就先映入眼簾，接著從花後探出一張俊俏的男人臉龐。

「你不是那個王子嗎？怎麼會來這？」

岳鐸看到獨眼也是一愣，「獨眼？你也在這？」

絨絨聽獨眼這麼說，就猜到來人，「你是……岳鐸？」

岳鐸有點錯愕，「妳竟然直呼我名字？不過，我喜歡。我這個人很隨和、很好相處的。」

他咧嘴一笑，將花遞給絨絨，自動將旁邊的三隻猴精視為僕人，脫下深色翻領羊毛大衣、遞給獨眼，又使喚神木，「熱伯爵，不加糖。」

三隻猴精面面相覷，不知道岳鐸剛才說的是什麼意思。

絨絨吃了一朵玫瑰花，又一臉嫌棄地吐出來。她問岳鐸：「你怎麼會來？來這幹嘛？」

岳鐸自顧自地坐在絨絨旁邊，沒直接回答她，反而問：「怎麼？妳生病了嗎？」接著察覺到了什麼，「噢，妳身上血腥味有點重。」

絨絨不耐煩地說：「你到底來幹嘛？不說就給我滾。」又補了一句，「送這麼難吃的花。」

岳鐸聞言傻眼，「花不是拿來吃的。」接著又說，「妳怎麼脾氣還是像小時候一樣那麼衝？妳喜歡開門見山，也行。」他挺胸撫平襯衫，切入正題，「妳上次在地熱谷那一戰，我看到了。」

由於獨眼已經將當日與岳鐸並肩作戰、尋找陣眼一事告訴絨絨，因此絨絨並不感到意外，而是不滿地說：「我知道。邱灩後來不是也來了嗎？你們就只站在山上看好戲，也不下山幫忙，真是見死不救。」

不習慣被指責的岳鐸不知該回應什麼，露出尷尬的微笑，繼續說：「總之，那一夜以後，我就對妳念念不忘。派了人跟蹤妳，才知道妳和許樂天住在一起。妳一定是無家可歸，才必須寄人籬下吧？別擔心，只要我出面，妳就能跟我回東青丘，不會有人敢說什麼。到時候我可以賜妳一座別墅，妳就不必住在這種廁所大小的地方了。」

說到這，他環顧四周，露出毫不掩飾的鄙視神情。

絨絨嗅出可疑之處，問他：「以什麼身分回東青丘？王子的客人？」

「伴妃。也就是皇室的『妾』。」岳鐸仰頭得意地說，「怎麼樣？是不是很高興啊？我過去從來沒有和女朋友進展到這個地步，妳可是第一個。一旦受封伴妃，從此就有享用不盡的榮華富貴和各種法寶了。現在，感受到我的誠意了吧？」

絨絨俏麗的臉不見喜色，反而越來越臭。

岳鐸看情況不對，又變出藏經環，補充說：「成為皇室的一員後，什麼術法都任君挑選。妳已經是『薄雲階』，理應學習第四層書庫的知識，但是妳最多只學到第二層，不覺得可惜嗎？我不但可以幫妳轉生，還可以助妳成仙。」

絨絨一見到藏經環，眼睛便是一亮。她不太懂人情世故，自然也不懂伴妃實質上有哪些責任，只不過眼下她迫切需要升上「破霞階」，因此對岳鐸的提議有點心動，一時沉默不語。

獨眼對絨絨忠心耿耿，自然不會因與岳鐸一起奮戰過就站在他那邊。他問岳鐸：「我聽說大人物都有很多老婆，如果你娶了老大，將來會不會再娶別的女人？」

岳鐸理所當然地說：「那是當然。開枝散葉是皇室的責任。」他轉身面對絨絨，「不過按照制度，王子只能娶一妻一妾，也就是王妃和伴妃。伴妃的地位和待遇都是很高的。」

紅面終於搞清楚狀況了，他對岳鐸說：「所以你今天是來求婚的？不覺得太突然了嗎？你們一點也不熟耶。」

岳鐸會錯意地說：「冷靜、冷靜，我知道這樣的喜事就像是天上掉下來的禮物。對你們來說，貴重得難以承受。但我是認真的。」

神木擺手，「別做夢了。我們老大和許樂天早就在一起了。」

岳鐸大笑幾聲，「怎麼可能？那個半覺醒的人？他是長得不錯，但總是一副好好先生、呆頭呆腦的窩囊樣，絨絨怎麼可能會看上他？而且據我所知，他因為某種原因，力量已全都消失，現在又變回凡人了。」

絨絨可聽不得別人說一句許樂天的壞話，當場暴怒地從沙發上一躍而起，將花束砸在岳鐸身上，大聲吼：「凡人又怎麼樣？我就是愛上他了，我們現在還是男、女朋友呢。給我滾出去！」

她一說完，獨眼就把家門大大地打開。

從小順風順水的岳鐸，從來沒被人如此粗魯對待過，更別提是嚴詞拒絕了，一時竟僵在當場。

絨絨手一抬，一團火球就懸浮在掌上。

感受到一股危險的炙熱，岳鐸才回神過來。他既顏面無光又難以置信，眨了眨眼說：「妳拒絕我？我紆尊降貴地追求妳，妳居然拒絕我？我哪裡比不上許樂天？他有什麼了不起！」

「在我心裡，他什麼都比你好，你這個變態、騷擾、跟蹤狂，沒有一點比得上他。」絨絨美麗的桃花眼因憤怒與火光更加明亮，咬牙切齒地說，「給、我、滾。」

一團火焰隨即撲向岳鐸，他低頭閃開，頓時心生怒意，忿忿地對絨絨說：「妳會後悔的。以後，就算妳跪在地上求我，跪到膝蓋爛掉，我也不會再看妳一眼。野種。」

那團火焰在空中轉了一圈，變成更高溫的赤金色，再次攻向他。

他後空翻翻了一圈，奪門而出。獨眼立即將門關上、上鎖。

絨絨一下子感到一陣暈眩，隨即倒回沙發。而三隻猴精則圍著絨絨替她抱不平、大罵岳鐸，氣他竟然叫他們老大「野種」。

此時電鈴再次響起，離門最近的獨眼說：「不是許樂天的氣息，也不是岳鐸。」

絨絨只聞得到自己的血腥味，一臉病懨懨地說：「那就別開門。當作沒人在家就好。」

沒想到下一秒，一道白色人影直接穿過門、進到屋裡。

三隻猴精看得目瞪口呆，絨絨轉頭一看，也有些詫異，「邱灩？」

邱灩穿著米色風衣，腳踩黑色細跟長筒靴，整個人看起來高貴冰冷。她面無表情的冰塊臉看到絨絨時，眼神才變得柔和。

她問絨絨：「怎麼？不歡迎我？」

絨絨看了她一眼，沒好氣地說：「也不是。只是我身體不舒服。」

邱灩看出絨絨生理期的不適，便說：「我說完話就走，不會打擾妳休息。」

「那好吧。妳要喝水嗎？」

邱灩點頭，絨絨便請紅面倒杯水給她。

邱灩凝視絨絨一會，「妳成功歷第二次劫了。恭喜。」

見絨絨沒回話，她接過水杯，喝了一口又說：「其實我一路尾隨殿下過來，剛才在門口聽見了你們的對話。只不過我隱了身，所以你們沒察覺到我。我很高興妳拒絕了殿下。就算是王妃也沒什麼好稀罕的，那些小情小愛怎麼能比得上大道？妳天資聰穎，只要斷情絕愛，一定能在十年內升到『破霞階』。如果有機緣徹底轉生成人，也一定能在有生之年得道成仙。」

獨眼疑問：「妳剛才沒聽清楚嗎？她已經和許樂天在一起了。」

邱灩頓了一下，「你們不是為了拒絕殿下才說謊？」

絨絨搖頭，誠實地說：「我真的愛上許樂天了。要是修道就要斷情絕愛，那我情願不修道。」

邱灩大吃一驚，手中的玻璃杯頓時被她捏爆。

玻璃碎片四濺的瞬間，邱灩及時施萬象術使時間定格。她有神功護體，自然不怕受傷，只將飛往絨絨的碎片揮開、以免傷到絨絨，才讓時間繼續。

邱灩急問：「為什麼？兒女情長有什麼好？只會影響我們修道的速度。」

玻璃碎片紛紛落地，絨絨美目圓睜，四處張望了一下，頓時皺眉嘟嘴地瞪著邱灩。

邱灩自知有錯，立即掏出一張千元紙鈔，尷尬地低聲說：「抱歉。」

「既然妳都賠償了，我就不跟妳計較了。」絨絨話雖如此，口氣仍不太好地反問邱灩，「妳問我『兒女情長有什麼好？』那妳自己談過戀愛嗎？」

「當然沒有。我從小就一心修道。」

「那妳當然不懂。」

「我……」邱灩想反駁，腦海裡卻尋不著字句。她向來不擅長說話。

「還有什麼要說的嗎？」

邱灩知道絨絨是在下逐客令。同樣身為白子的她，比誰都還清楚絨絨有多執拗，一旦認定的人事物，幾乎可說是不死不休。於是她不再多言，只是默默站起身。

獨眼再次打開大門，邱灩拿起一旁岳鐸遺留的深色大衣，走到玄關時還是停下腳步，回頭提醒絨絨：「成為人的階段要特別小心，因為人很脆弱。」

神木忍不住好奇問：「妳是說人的肉身嗎？這誰都知道啊。」

「不只是肉身，還有心。人是全靈根族，靈性極強，相對七情六慾都會被放大。若是生出慈悲心，就是修煉成仙的第一步；反之，也會一念墮入惡鬼道。一旦進入惡鬼道，就不可能回頭了，良知和理智遲早會被無邊的仇恨和痛苦給吞噬殆盡，最終成魔。將來，妳一定會有遇到心魔的那天，到時候必須心存善念，並且堅定意志，才能戰勝試煉。」

邱灩一說完人便憑空消失。

獨眼關上門後，自言自語：「我好像根本沒有必要幫她開門。」

絨絨面露不悅，「走之前也不先把玻璃碎片掃起來。」

她看了紅面一眼，紅面便識相地去拿掃把和畚箕來清掃。

絨絨將被子蒙住頭，開始思考邱灩的話。

仔細想想，她還是狐妖時，只對許樂天有好感。但歷第一次天劫過後，她對他的好感便越來越強烈；先是變成了喜歡，之後又變成了愛。而在第二次天劫過後，她對他的愛意又更濃烈了。

自己的狀況確實如邱灩所說的，七情六慾被放大了。

接著她又想到了墮入惡鬼道的寡婦阿娟。

阿娟對男人生惡痛絕，但心裡仍保有對女性的同理心與對弱小的惻隱之心，從來都只對男人中的惡人下手的她，仍是有正義感、明白是非對錯的。但也正因如此，阿娟吸食了過多惡人的精氣，終入了惡鬼道。

絨絨心中無比擔憂，難道對我這麼好的阿嬤有一天也會……

腦袋越來越昏沉，她想著想著便昏睡了過去。

第二章 虎姑婆

威擘科技公司今年的尾牙因為疫情取消了。

許多員工都感到有點失望，但對於許樂天而言，這樣再好不過。每年尾牙的前兩個月，福委會就會開始抽籤，要求被抽中的各部門負責尾牙主持、布置、遊戲流程，甚至是上台表演；接著被抽中的部門又會再抽幾個倒楣的員工出來，讓員工用自己的下班時間來準備尾牙相關事宜。

身為籤王的許樂天，曾經被抽中、上台表演過南韓女團舞，對他來說，尾牙簡直就是惡夢。

他一直以為尾牙的目的是犒賞、獎勵員工，但結果看來並非每間公司都是如此。還有一點他也實在不懂，為什麼每次有麻煩事都會抽中他，抽獎卻一次都沒中過。

單純正直的他從沒有一刻懷疑過——籤筒被動了手腳。

公司的專案經理 Penny 為了獎勵專案團隊，特別在專案驗收交付日拗業務 Bill 開慶功宴。

出乎工程師們意料之外的是，一向精打細算到有點摳門的 Bill 竟爽快地一口答應，而且還難得感性又豪邁地對團隊說：「這半年辛苦你們了，我也知道這個客戶很難搞。今天晚上請大家吃高級燒烤，大家隨便點、隨便吃，都算我的！」

部門辦公室頓時爆出一陣歡呼聲和掌聲。對於許樂天和其他工程師們而言，慶功宴倒是其次，重點是終於可以擺脫這個難纏的客戶。回首六個月來不斷被客戶折磨，工程師們輪流加班，歷經無數個無語問蒼天、唏噓悲痛不已的日子，如今終於守得雲開見月明。

除了Bill自己開車過去餐廳以外，許樂天和其他同事都是提早下班，搭捷運趕去台北東區。

夜幕低垂，華燈初上，許樂天他們出忠孝敦化捷運站時，正巧撞見夜晚甦醒的那一刻，東區一間間餐廳、酒吧、居酒屋此起彼落地亮起。撇開星羅棋布的咖啡店，夜幕下的東區不只文藝時尚，也很風流倜儻。

儘管東區近年來已經日漸沒落，不如過去那般車水馬龍、人山人海，但放眼望去，此時的萬家燈火，仍能讓人窺見那殘留一小片的往昔繁華。

當許樂天按照Google地圖導航，帶領大家走到一家平價燒烤店前時，Penny率先抗議：「這就是所謂的『高級燒烤』？」

許樂天恍然大悟：「難怪Bill說隨便點、隨便吃。」

他原本還以為Bill請客的餐廳是那種有A5和牛、帝王蟹腳的高級燒烤，結果眼前是499吃到飽。

另一個工程師嘆息：「都怪我們太天真、期望太高了。」

抱怨歸抱怨，等到進餐廳、入座後，除了Penny和Bill有保持身材的顧慮，工程師們都放開形象，大吃大喝起來。

這家店不只可以燒烤限時吃到飽，汽水、啤酒也能喝到飽。一瓶啤酒下肚後，大家就開始大吐真心話，有的抱怨薪水太低、要Bill分專案獎金給他，有的講起部門八卦和同事壞話，場面吵鬧成一團。

其中一個喝得醉醺醺的工程師悄悄對許樂天說：「Penny暗戀你很久了，今晚是她刻意安排的局。我知道你恐女，所以她剛才說要坐你旁邊，我就把她擋下了。」

恐女的許樂天也有察覺一點這事，確實也感到困擾，悄悄向他道了謝。

沒想到那個工程師突然哭了出來，轉身對斜對面的Penny一把眼淚一把鼻涕地淚訴衷腸：「妳看，他根本就不喜歡妳。我喜歡妳很久了，為什麼都不給我一個機會？嗚嗚嗚……」

許樂天和其他同事當場愣住，一個店員走來桌旁，即時解救這桌的尷尬，「用餐時間差不多到了喔。」

工程師們少有Bill和Penny那樣的酒量，要離座時，除了許樂天以外的人，都已經喝得暈頭轉向。

原本四個工程師說好要一起走去搭捷運，但是許樂天跟Bill好不容易才把剛才那個趁亂告白的工程師拖出來，實在沒辦法再拖第二個了。

許樂天扶那個工程師上計程車後，轉頭與Penny對上視線，便一陣心慌，趕緊向其他人揮手道別，不管天南地北火速奔離現場。

他漫步穿梭在無數條附屬於敦化南路與忠孝東路的小巷弄之中，五顏六色的街燈、尋歡作樂的人們，歡騰熱鬧的喧囂，在在令他目眩神迷，醉意越發濃烈。

經過一間甜點店時，他想起了絨絨，心想：以前聽地雷說，女生生理期吃巧克力無助於舒緩疼痛，但至少心情會比較好。

「不知道絨絨喜不喜歡巧克力。先學做幾道巧克力甜點給她吃吃看？要是我有法力能去除她的疼痛就好了。」

幾天前，絨絨在淡水河中用戲月玦引發天劫，但許樂天很快就察覺不到她的氣息。著急的他連忙閉上雙眼，強化對她的感知力，隨即察覺她的氣息瞬移到河口外的海裡。他不過心念一動，人也便也瞬移到海中的絨絨身邊。他透過意念告訴她，他來幫她擋劫。沒想到她勃然大怒，竟透過意念大罵他又使勁將他往上推。

上天彷彿是要懲罰他的魯莽無知似的，在他妄圖為她擋劫、被她推上海面後，就瞬間失去了所有法力。他深吸一口氣再潛入海中，雙眼卻馬上被海水刺得睜不開眼，就算勉強微微睜開，海中一片漆黑，失去法力無從感應絨絨氣息的他，根本找不到她。

當時許樂天所在的位置離岸邊不遠，他游不到十分鐘就游回岸上。他拿出手機想連絡傅蔵，發現手機已開不了機。正苦惱時，傅蔵和麗麗竟突然出現在他身邊，原來是他們跟著他的氣息追過來了。許樂天馬上請傅蔵下海保護絨絨，但傅蔵卻告訴他：劫難必須自己歷，他人出手幫助反而會害到歷劫者。

許樂天只好作罷，和傅蔵、麗麗回到絨絨一開始下水的河邊等待。

絨絨與夥伴們都見過許樂天身上的獸形白光，但他們絲毫不知許樂天與上古靈獸的關係，更不知人有覺醒的可能。絨絨只不過聽辛亥公墓區的鬼說過，善人會偶然獲得神力相助。因此她和傅蔵一直以為許樂天是在地熱谷之戰時，以強大的心念感動了上天，讓上天暫時賜與他神力、對抗邪惡勢力。但是當他用在不對的地方，例如替她擋天劫時，上天就會收回神力。

但許樂天心知肚明這份神力並不是借的，而是「取回」一部分。因為他在半覺醒時，記起了某一世控制雷電的片段記憶，所以推測自己可能是做錯事、被貶下凡的雷公之類的身分，只是不知為什麼身處險境時，身上會出現獸紋白光。

傅薮在翻查過資料後告訴許樂天，燭龍擁有掌控時空的能力，也許擁有燭龍之眼的獨眼可以重現他那一世的情況，讓他明瞭箇中原由。

可惜的是，獨眼至今還是無法控制燭龍之眼。因此許樂天仍無從得知自己為何會被貶。不過，他認為自己之所以被抹除前世記憶，肯定是有原因的，再加上生性豁達、樂觀，並沒有太過糾結在這件事上，也沒有特別向他人提起那些古怪的記憶，以及自己對某一世身分的猜測。

如今他又回歸平凡之身，但一點也不後悔。若是再來一次，他還是會毫不猶豫地跳下海、保護絨絨。

許樂天喃喃自語時，眼角瞥見一個身穿酒紅色緊身洋裝的女人，側臥在旁邊的防火巷道中。她的臉被波浪般的黑色長髮遮住，酥胸豐盈飽滿、雙腿白皙修長，一眼掃過就引人無限遐想。

他一看不得了了，心想這種身材根本是天菜，就算臉長得像吳郭魚，也會被一堆心懷不軌的人搶著撿屍吧。她現在很危險啊。

這個念頭才剛閃過腦海，果然從旁邊經過的兩個男人就盯著她竊竊私語，直勾勾的眼神一副要把她吃了的樣子。

許樂天鼓起勇氣，跟在那兩個男的後面，朝那個不省人事的女人走去。

「呃……那個……」許樂天有些緊張地開口，試著阻止他們，「我是她男朋友，來接她回家的。」

其中一個身材較高壯的男人轉頭瞥了許樂天一眼，衝著他大吼：「靠夭啦！滾！」接著一彎腰，伸手就將女人橫抱起來。

寒冷的晚風一吹，許樂天陡然清醒不少，更加感到事態嚴重，非阻止不可。

另一個身材普通，與許樂天一樣戴眼鏡的男人，不耐煩地揮了揮手說：「啊閃開啦，我們先來的耶。」

「我不是——」許樂天急著伸手攔住他們。

「幹！你欠扁是不是！」眼鏡男拉高手肘，一副要揍許樂天的樣子。

許樂天還沒回說「不是」，眼鏡男就真的朝他揮拳過來，他連忙抱頭側身閃過。

幾個路人剛好經過巷口，眼鏡男不好再動手，只是對抱著女人的同伴說：「不要走這邊，太多人了。」

眼鏡男在轉身之前，還惡狠狠地瞪許樂天一眼，恐嚇意味十足。

許樂天不敢明著跟他們起衝突，只能立刻拿手機出來，小聲報警，並與他們保持一段距離，偷偷跟在他們後面。

他們進入一條車子都開不進去的狹窄防火巷，幾輛機車和雜物堆放其中，所以許樂天邊跟邊躲不是什麼難事，只怕講電話的聲音太大會打草驚蛇。還好前方兩個男人很熱絡地在討論要帶女人去哪家汽車旅館，沒注意到尾隨身後的許樂天。

就在許樂天蹲在一輛機車後面，跟警察講清楚自己在哪兩家店中間的防火巷、掛電話時，突然聽到前方傳來一陣古怪的聲音。

「呃呃……喀喀……」男人的話斷斷續續的，不知道在說什麼。乍聽之下，又好像是喘不過氣的樣子。

許樂天探頭出去看，赫然發現剛才那兩個男人竟然都倒在了地上！而原本那個應該是喝茫的女人則背對著他，低頭蹲在肌肉男的旁邊，不知道在做什麼。

許樂天心想：我也才跟警察講不到幾秒鐘，這兩個男的怎麼了？該不會是天氣太冷又一時太興奮，突然暴斃了吧？

由於他與他們有段距離，整個巷子裡的光線又全來自外頭路燈和招牌燈，在如此昏暗而朦朧的環境下，實在很難看清楚狀況。於是他快步走過去，想趁兩人還沒起身之前，趕快帶那個女人離開。

豈料，他才向前走沒幾步，就聽到「嘎吱嘎吱」、像是狗猛啃骨頭那樣的細微怪聲。他先是張望了一圈，以為巷子裡有狗，卻什麼都沒看到，兩隻手臂頓時炸起了雞皮疙瘩，直覺不太對勁。

他加快腳步，跑向紅洋裝女說：「呃……小姐，妳……妳還好吧？」

她沒理他，還是一樣低著頭，身體微微抖動著。

「嘎吱嘎吱……」離她越近，怪聲就越清楚。

他突然有股不祥的預感：她該不會是拿什麼工具在鋸那個肌肉男吧！接著他甩甩頭，安撫自己不要見影就打槍，一定是自己想太多了。

沒想到的是，真相遠比他想像的更恐怖、更血腥。

「我在……吃……檳榔……」她背對著他，含糊不清地說。

「騙人的吧，有這麼脆的檳榔喔？」有點恐女的他鼓起勇氣，伸手戳她肩膀一下。

她抬頭轉向他，一下子露出了滿臉鮮血和碎肉！

還有那雙駭人的眼睛。閃閃亮著寒光，黑眼球小得跟生米一樣，外圍那圈不是白的，居然是黃的。

他一看，大吃一驚，那雙眼居然比連續加班一個月的工程師還要黃！這根本不是人的眼睛啊！

他順勢往她的眼睛下方看，只見她的鼻子又寬又扁，人中還帶著兩撮白鬚，嘴角裂到耳際，露出四顆觸目驚心的染血大尖牙，鮮血正滴滴答答地自她嘴邊落到地上。

她身旁的肌肉男躺在逐漸形成的血泊之中，喉嚨已被咬穿，露出白森森的頸骨！他雙目大睜，表情驚恐，似乎定格在死前無聲的吶喊瞬間；而他的軀幹也被扯裂、挖開來，裡頭臟器散落一地，散發著令人作噁的濃重血腥味和撲面熱氣。

另一個眼鏡男則是雙腿腳踝處被咬斷，雙手緊摀住大量流血的脖子，驚懼地看著許樂天，「呃呃……喀喀……」

許樂天倏地完全清醒過來，腦袋嗡嗡作響，飛速地想著該如何帶眼鏡男逃離。

一個念頭迅速在他腦中成型，他馬上抬頭翻白眼、伸出雙手亂摸一通，「啊怎麼沒聲音啦？人都走光了嗎？」

「嘿嘿嘿……」女人的聲音意外地低沉，聽起來像是蒼老的婦人，「死到臨頭才來裝瞎子嗎？別白費力氣了。」

既然已經被拆穿，那也沒有裝瞎的必要了。許樂天馬上恢復正常，試著說服她：

「不……不好吧……一個應該夠妳吃了吧？吃太飽會消化不良。」

「嘿嘿嘿……」她詭笑道，「怎麼會呢？我只吃心肝。今晚至少要吃兩輪。」

眼鏡男一聽到她這麼說，更加慌張了，急忙一手撐著身體，邊扭動邊爬行，想盡快逃離。忽然間，一條黃色帶黑條紋的粗繩迅速攀上他的腰際，馬上就將他捲了回來！

許樂天嚇得連連倒退，「妳……妳妳，到底是什麼東西？蛇精嗎？」

「我有過很多名字。很久很久以前，大家都叫我虎姑婆（註1），只是現在沒有人記得了。」她變成虎足利爪的手腳並用，慢慢朝許樂天走來，長長的尾巴在後頭扭動著。

「喀喀……」眼鏡男邊發出悲鳴，邊流著淚望向許樂天。

「來嘛，」她對許樂天招了招手，「怕痛的話，我可以先咬掉你的頭啊。」

她說完便馬上張開大嘴，朝許樂天猛衝而來。

「啊——妳不能吃我！我有病！」許樂天閉眼大吼。他隨即以雙手擋住臉，腿軟跪下來的瞬間，恰巧逃過她的飛撲。

註1：台灣早期家喻戶曉的民間故事。目前已知最早的版本是清代黃之雋所著的《虎媪傳》。台灣各地流傳許多內容相似的版本，故事主旨皆為警告孩子：不要輕易相信陌生人的話並讓其入屋。

她嗖聲躍到許樂天身後，又轉身看向他，問道：「什麼病？」

「我……我……我我有脂肪肝！」

「脂肪肝？」她愣了一下，又咧嘴一笑，「那多肥美，拿來開胃正好。那肌肉男的心臟太韌，嚼起來跟牛筋一樣。」她說著說著，面露嫌惡。

「妳……妳妳不要過來！不然我要報警了。」許樂天拿出手機威脅。

「哈哈哈哈哈——」她仰天大笑，「報警？你要跟警察說什麼？說你遇到虎姑婆嗎？白癡！」

她又朝許樂天飛撲過來，他一時腳軟，根本爬不起來，只能眼睜睜看著那張虎口越來越大。

萬萬沒想到，就在虎爪即將抓上他的瞬間，她突然像是被某股力量給彈飛出去，重重落在地上。

她迅速站起身，對許樂天大吼：「把護身符給我摘掉！」

「啊？」許樂天低頭看向心口的觀音玉墜，驚覺它的重要性，連忙抓緊它，「才不要，妳當我白癡啊。」

她左右來回踱步，像是在思考如何對付許樂天。

他的心怦怦狂跳，太陽穴也在抽動，心想：她擋在我跟巷口中間，要從那逃出去是不可能的，看來只能朝另一頭跑了。

他馬上轉身，扛起眼鏡男就跑，只是跑沒幾步，他就被肌肉男散在地上的腸子給絆倒，狠狠摔了出去。

他才剛爬起身，眼鏡男竟然伸手把他的項鍊給扯走！

「喂！」許樂天不敢置信地瞪著他。

「嘿嘿嘿……」虎姑婆奸笑，「真的是個白癡。」又開始甩開四足，朝許樂天衝來。

正當他絕望地閉上雙眼之際，巷口突然出現兩個警察。

「先生，你沒事吧？」其中一個警察走進巷裡，出聲詢問癱坐在地上的許樂天。

許樂天張開眼，警察手電筒刺眼的光亮打來，令他瞬間有種被佛光籠罩的感覺。環顧四周，這才發現虎姑婆已不見蹤影，一股難以言喻的安心湧上心頭，眼淚馬上就噴出來。

「有有有……有事。」他點頭如搗蒜，倉皇地說，「快報警。不對，快叫救護車。」

救護車很快就開到巷口，救護人員扛著擔架將兩個男人抬走，而許樂天也趁機拿回他的護身玉墜。

儘管警察不停上下打量許樂天，一副他很可疑的樣子，可是因為報警的人就是他，而且只有鞋子沾到血，所以他們記下他的目擊口供和身分資料後，就先讓他回家等候通知。

而他當然沒說出虎姑婆的那段，只是避重就輕地表示，自己躲起來跟警察講完電話後，就看見這種慘烈的情況，也不知道那個醉倒的女人跑哪去了。

第三章 山臊

不幸的是，許樂天一進到忠孝敦化站，再度遇到了虎姑婆。更糟糕的是，站內月台上似乎有著傳染力極強、發病速度極快的致命病原體正在傳播。

他被人從背後一腳踹下手扶梯，摔得七葷八素，耳朵頓時嗡嗡作響，全身上下多處破皮、疼痛不已。

當他抬頭看到眼前病發的人，起先是伸手想喚醒對方，但手伸到一半就趕緊縮回來，戴緊臉上的口罩。他忍著疼痛爬起身，耳中到處都是哭喊的聲音，周圍一片混亂。

一個中年婦人口角帶血地在他身前撲倒，有氣無力地說：「救命……」

他及時上前扶住對方，恐懼更甚，心想怎麼會這樣？是不是有人故意在捷運上或月台上釋放某種病毒或毒氣、發起恐攻？

他無助地左張右望，想向站務人員求助、想逃離這裡。但是兩排手扶梯已被關掉而停止運作，上方的梯口亦被不鏽鋼欄柱擋住了去路。

他邊攙扶婦人走上手扶梯，一邊朝上方喊著：「不一定是傳染病……」話講到一半也開始咳嗽。

喉嚨不只乾癢，咽喉處還出現疼痛、異物感。他用力咳了幾下，還是咳不出來，好像咽喉腫起來了。

「我……」他說到一半就鼻塞了，鼻音濃重，「也中毒了？」

他感覺溫熱的液體從鼻腔流下，下意識拉開口罩一看，竟是鼻血。

上方的站務人員從手扶梯口探頭察看，見到許樂天的口罩出現一抹鮮紅血漬，趕緊朝他們大喊：「別上來！我們已經通報疾管署了，你們待在底下等。」

他吞嚥了一口口水，勉強出聲：「不一定是傳染病，有可能是毒氣啊。」聲音明顯變得沙啞。

上方的站務人員不再回話，似乎認為有任何一絲傳染病的可能，都必須嚴加防堵。

許樂天開始感到頭痛的同時，手臂突然一沉，婦人已昏了過去，差點滑落樓梯。他轉身拉住她時，赫然驚覺月台上所有人不是跪倒在地，就是躺地不起，也不知是昏迷還是斃命。

他才將婦人安置在月台地面上，上方的大廳就好像爆發了嚴重的口角衝突。細聽了一會，似乎是站務人員關閉了捷運站所有出口，所以裡面的人全都被困在站裡出不去。

為什麼沒有人認為是毒氣？

他的意識越來越不清楚，頭也越來越疼痛，手腳從無力變得麻木，不得不癱坐在月台上。

「絨絨，我會不會再也見不到妳？」

一想到此，他的心彷彿被揪緊，忽然有股衝動，想翻過月台門，逃到下一站國父紀念館，再搭捷運回家見絨絨。

此時有捷運進站，但並未減速而是過站不停。許樂天猜想捷運司機似乎已收到緊急消息，所以跳過了這站。

即使身處如此境地，他仍苦笑了一聲，慶幸地說：「不管是毒氣還是傳染病，至少不會擴散出去、傷到更多人。」接著又說，「如果是有人刻意釋放毒氣或病原體，那這個人就太可惡了。」

他不知道這陣猛烈的毒氣或傳染病病原體是什麼，也不知道來源在哪裡。倘若是後者，傳染途徑可能像水痘、麻疹或肺結核一樣，藉由空氣散播，否則他的眼鏡和口罩應該是能擋住飛沫的。

他再次調整一次口罩，東張西望，試圖尋找可疑的容器，卻聽到一陣細微、規律如蟋蟀鳴叫的聲音：「唰嗖——唰嗖——唰嗖——」

他的視線開始變得模糊，神智也有點恍惚。但他仍以雙手撐地，勉強站起身，試圖尋找聲音來源。

此時忽然有人喚他：「許樂天？」

那是一個很蒼老的聲音。

「啊？」他下意識回頭，「誰？」

轉身一看，叫許樂天的是一個距離他十幾步距離、瑟縮在垃圾桶邊的人。一個非常詭異的人。他穿著一件黑色的連帽、連身衣，衣服又寬又長，將整個身體罩住，連頭髮、鞋子都沒露出來。要不是因為那人露出了帽下的臉孔，從許樂天的角度看過去，簡直像是一大袋黑色垃圾袋。

許樂天眨了眨眼、瞇起眼睛，努力將視線聚焦在那張帽子下的臉龐。那是一張滿臉皺紋、臉色發青，眼睛沒有眼白的老人面孔，非常駭人。

「唰嗖。」老人啼叫了一聲，乾瘦如鳥爪的手從黑袍伸出。

許樂天這才看出他手上抓的是一隻麻雀。他張嘴一口咬下麻雀頭，咀嚼的同時臉龐倏地轉向許樂天，與之四目相對。

許樂天頭往後一仰，心裡頓時有些發毛。不管老人是人是鬼，眼下這種狀況都詭異至極，偏偏他剛才又應了聲。也不知老人喊他目的何在，又為何會知道他的名字。

「唰嗖。」老人說話了，「許樂天，你怎麼還不死？」其聲音沙啞、腔調詭異，好似動物學人語。

老人霍然站起身，身高竟只如小學生一般。長袍下方只露出一隻與臉色同樣發青的赤腳，但小腿連腳踝很粗壯，腳掌很寬，乍看簡直就像是兩隻細瘦的腳嚴絲合縫地併攏在一起。他屈膝一躍，就跳到距離許樂天不到五步的位置，一點聲音也沒有發出。

許樂天心中驚疑：這根本不是人能做到的事。但老人身上沒有陰氣，肯定不是鬼，那麼便應該是某種精怪。

這麼一想，他才發覺老人沒有影子！如果他此時在樓上大廳的詢問處內，就會發現月台監視器的即時畫面中，根本沒有這個老人，從頭到尾都只有他一個人站在月台上左顧右盼、自言自語。

他嚥了嚥口水，忍著喉嚨疼痛問老人：「這些……是你搞的鬼？為什麼……」他咳嗽了一聲，聲音明顯變得虛弱，「到底為什麼要這麼做？」

他面無表情地回許樂天：「就好像牛羊吃草，人吃牛羊。使人病死是山臊（註1）的天性和樂趣。城裡的神仙都不在，我終於可以為所欲為、盡情殺人。」

「病死？山臊？那是什麼妖？」

許樂天心想：之所以名叫「山臊」，是因為他總是「唰嗖」、「唰嗖」地叫嗎？

山臊又向前跳了一步，來到許樂天跟前。不知為何，許樂天的四肢好似突然被人攫住、動彈不得，只能任由山臊的臉貼著他，以混濁的眼睛打量著。

山臊眉頭微皺好似有些疑惑，帶有血腥味的腐臭一吐，再次問他：「你怎麼還沒死？」

許樂天忽然感到喉嚨一緊，忍不住大口吸氣，但一吸氣便咳嗽連連。他邊咳邊顫抖，臉和脖子都腫脹發紅，呼吸越來越困難。

這時一班捷運從旁邊軌道呼嘯而過，許樂天眼角瞧見一道銀光突然飛來，一刺中山臊的臂膀便隨即消逝。山臊吃痛後退，隱沒在空氣中，剛好閃過第二道銀光。

而這回許樂天看清了，那銀光是一把飛刀。魄體化成的飛刀。

「獨眼？」他心中一喜。轉頭一看，三道人影正從軌道上的捷運穿過門跳上月台，奔至他身邊。中間那個正是獨眼，左右分別是神木和紅面。

獨眼環顧左右，對神木和紅面說：「妖氣，而且是『乘風階』，但比我強。他好像也是……」他不太確定地說，「猴精？但又跟我們不太一樣。」

山臊一消失，許樂天就覺得好多了，四肢也能動了。他拍了拍胸口說：「那妖怪說他是『山臊』，會害人病死。」

三隻猴精互相看了一眼，神情全是疑惑，似乎從未聽過。

許樂天咳了一下，又問他們：「你們怎麼會來？」

獨眼回道：「老大感應到你有危險，所以帶我們趕來救你。」

紅面接著說：「我們搭捷運搭到國父紀念館站時，就聽到緊急廣播說下一站忠孝敦化站暫時過站不停。你也知道，老大現在沒辦法像我們一樣控制虛實、穿牆而過，所以她只好先在國父紀念館站下車，另想辦法趕過來。」

許樂天驚奇地問：「你們從東湖站過來嗎？怎麼這麼快？從我進站到現在……還不到十分鐘啊。」

註1：山臊（音同搔）。漢代古籍《神異經》曾提及：「西方山中有人焉，其長尺餘，一足，性不畏人，犯之則令人寒熱，名曰『山臊』；以竹著火中，烞熚有聲，而山臊驚憚遠去。」三國時期，韋昭為《國語．魯語》作註，提及：「……一足，越人謂之『山繅』也。或言獨足魍魎，山精，好學人聲而迷惑人也。」南北朝時，亦有《荊楚歲時記》一書記載：「正月一日，雞鳴而起，先於庭前爆竹，以避『山臊』惡鬼。」綜觀典籍，作者認為「山繅」應與「山臊」為同一精怪，而「繅」與「臊」也同音。現今許多文史工作者認為《山海經》與《抱朴子》曾提及的「山魈」，即是「山臊」。但作者比對兩者後，認為「山魈」的外貌、特徵描述皆與「山臊」明顯不同，故兩者應非同類。此外，「魈」字音同「消」。

神木說：「快個屁啊。老大半小時前就說你遇到麻煩了，急著要來救你。」

「半小時前？」許樂天意會過來，「那應該是剛才的虎姑婆。可是，絨絨不是身體不舒服嗎，怎麼還出門了？」

「還不是為了救你。」紅面又補充，「你也知道老大現在靈力消耗得快，要是她施瞬移術趕過來，靈力就會消耗大半。所以我們才和她一起搭捷運過來。」

許樂天咳了一聲，又問：「為什麼要一起？你們三個怎麼不先過來？」

紅面有些不好意思地說：「瞬移術本來就很耗靈力，我們的靈力又不高，要是施瞬移術，恐怕到永春站就用光了靈力。到時候再搭捷運過來，那就沒辦法保護你了。」

獨眼打斷他們：「別說那麼多了，我們快離開。」

許樂天苦惱地說：「這站被封鎖了，根本出不去。捷運也過站不停。」說完又忍不住連連咳嗽。

獨眼對許樂天說：「快打給傅薟，也許他知道有什麼辦法可以救你。」他看向周圍地面上的人們，「還有救他們。」

然而，當許樂天用手機打給傅薟，由獨眼向傅薟扼要講明狀況時，整個捷運站好像被人關掉電力總開關似的，燈光倏地全滅，瞬間一片漆黑，只剩許樂天的手機螢幕光還亮著。

電話另一頭的傅薟卻只冷冷地回：「沒空，麗麗正在種花，我正在看著她。沒事別打擾我們，有事也別打來。」接著就把電話掛了，似乎很反感別人打擾他們的兩人世界。

神木不太理解，一臉疑惑地複述傅薟的話：「『沒事別打擾我們，有事也別打來。』那到底什麼時候可以打給他？」

許樂天傻眼地對著手機說：「什麼啊，不想要我打給你，當初幹嘛給我手機號碼？」說完又咳嗽了起來，而且這次咳得特別劇烈，連胸腔都開始疼痛。

獨眼警告：「小心！妖氣又來了！」說完竟也開始咳嗽。

此時手機燈光照亮的範圍邊緣，出現了山臊蒼老的臉孔。

「唰嗖。」山臊叫了一聲，露出恐怖的笑容，「我可不只能使人病死，妖鬼也一樣……」

第二章　虎姑婆

第三章　山臊

第四章　擴散

第五章　龍山寺月老

第六章　血繭

忠孝東路的一排騎樓內，綁著馬尾的絨絨正跑過一間間鐘錶店，邊跑邊抱怨：「為什麼偏偏這個時候一輛公車都沒有！」

她戴著口罩奔跑，快要喘不過氣了。一過馬路，來到一排大片挑高玻璃帷幕構成的百貨櫥窗前，忍不住停下了腳步。

她微微駝背彎腰，一手按著下腹，深呼吸了幾口寒涼的空氣，忽然感應到許樂天的恐懼加深，似乎陷入了比之前更加棘手的處境。

隨著她與許樂天之間的距離拉近，她對他的感知力也變得更強。她閉上雙眼，屏氣凝神、全神貫注地與許樂天產生更高層次的連結，透過他的感官來探知他周圍的環境，得知是山臊，便馬上打電話給傅葳。

傅葳一接起電話就說：「在忙，給妳十秒。」

絨絨說：「誰要跟你講話啊，我找麗麗。快點！」

「什麼事？」

「山臊作亂，現在不只忠孝敦化站爆發感染，站內的許樂天有危險，就連忠孝東路上也越來越多傷亡了。快把手機拿給麗麗，我得問她要用什麼治療。還有，你知道要怎麼對付山臊嗎？再不對付他，萬一疫情更加嚴重怎麼辦？」

「以妖來說，妳太博愛了。」

「我現在是半人半妖了好嗎？人的事也不能袖手旁觀。」絨絨說完又提醒他，「別忘了你現在也是。」

沒想到她說了這麼多，傅藪居然只回她一句：「麗麗沒空接妳電話。十秒已經超過了。」他連「再見」二字都不想說，就想直接掛斷。

絨絨立刻說：「太可惜了，我本來想用一個麗麗的小祕密跟你交換情報，既然你那麼忙，那就算了。」

傅藪一聽，馬上說：「山臊在古代被視為是一種疫鬼，其實應該是一種極少見的妖才對。他們是生前被凌虐致死的畸形動物，死時帶著強烈怨氣才化成山臊。

「古代人以『儺儀』（註1）驅逐疫鬼。其實不用那麼麻煩，山臊耳力敏銳，鞭炮就可以將他暫時趕走。如果要滅了他，可用『三合玉清陣』。

「至於那些已經發病的人嘛，他們的症狀和流感差不多，現代醫藥中本來就含有草藥的關鍵化學成分，所以送醫就好。如果連醫院都沒辦法的話，天然草藥也無力回天。該說的都說完了，麗麗的小祕密是什麼？」

「等我滅了他再跟你說。」絨絨說完這句話立刻掛斷電話，邊收手機邊說，「做夢。

才不告訴你。」

她繼續往前跑，跑沒幾步，眼前一間連鎖壽司店前的行人全都在咳嗽，或是像她剛才一樣喘不過氣。更前方的連鎖藥妝店，甚至已經有人開始不支倒地。

她再往前看，一間國際連鎖服飾店前就是捷運忠孝敦化站的二號出口。出口外面人行道上倒著不少人，全都看來意識不清；有幾個人臉上口罩脫落，露出紅腫的臉，鼻孔或嘴角出血，看起來病況非常嚴重。

她身邊的行人們大多是恐懼地後退、逃離，有些還邊跑邊打1922或報警；僅有少數站在原地，好奇地張望、討論、用手機錄影。

絨絨忍著生理期的疼痛，又往前跑。

經過二號出口前的行人們都不敢靠近倒地的人，唯有絨絨在他們之間快速穿梭前進。

註1：儺（音同挪），中國古代自周朝便有驅逐疫鬼的祭儀與習俗。《周禮》記載：「率百隸而時儺，以索室驅疫鬼」。東漢學者高誘為《呂氏春秋．季冬》作註：「今人臘歲前一日，擊鼓驅疫，謂之逐除」。《論語．鄉黨》提及：「鄉人儺，朝服而立於阼階。」初始以戴面具歌舞、擊鼓、以戈擊盾或撒穀物的儀式，爾後轉變為以爆竹驅之，如大年初一放鞭炮的習俗。流傳到日本後，也成為當地重要的驅鬼習俗之一。

二號出口的鐵門已經被降下，無法憑蠻力將它升起，況且鐵門內還倒著不少人，恐怕得踩著他們的身體才能過去。

此時警笛從絨絨後方響起，她聽得出有兩種頻率，應該是警車和救護車都來了。她不想多生事端，只想趕在他們到場之前滅掉山臊、救出許樂天。

必須速戰速決。

她的雙目頓時轉綠，額頭閃現綠色三角星芒，低聲道：「一葉障目！」

周圍的人彷彿失明般，突然什麼都看不到，絨絨趁機施瞬移術入站。

黑暗的站內月台上，只聞此起彼落的咳嗽聲。

「山臊也能使妖鬼發病」這點，許樂天和猴精們都始料未及。

許樂天邊咳邊急問：「糟了，要是絨絨來了，也發病怎麼辦？不對，她現在就是人了。」

然而當他打給她、要她千萬別過來時，她的手機卻顯示電話中。

許樂天盯著手機螢幕，「打給誰了啊？難道她也打給傅蘞？」

此時一個女人的聲音喊道：「等一下！」

許樂天認出那個聲音，抖了一下，「虎姑婆？她還在站裡？」

他拿著手機轉身一照，虎姑婆凹凸有致的暗紅色身影便出現在手機燈光下。

山臊聲音低沉地說：「妳跟他們是一夥的？」

虎姑婆說：「當然不是，老娘根本不認識他們。」她指著許樂天，「只不過我看上這傢伙的心肝，能先讓我挖出來嗎？尤其是那肝，嗯……」她說到一半，開始舔起自己豔紅的嘴唇，似乎嘴饞到快要流口水。

「喂！」許樂天握拳怒喊，「不要把我的肝當成鵝肝啊！」

猴精們互相交換眼神，默契十足地同時結手印，高喊六甲祕祝：「陣列前行！」

剎那間，許樂天和猴精們周圍出現柔和朦朧的透明金色三角錐網，將山臊和虎姑婆隔絕在外。

許樂天說：「你們也會這招？」他以為只有絨絨會。

紅面沒好氣地回：「最近才學的。老大怕我們守不住碧湖公園的地盤，整天逼我們練功。」

神木更是哀怨：「再也不能像以前一樣吃飽睡、睡飽吃了。」

山臊伸出乾瘦的食指，指著三隻猴精怒說：「沒出息的東西，竟然甘願為人做牛做馬！」

山臊手一揮，護身網竟開始破洞，越來越大。

獨眼雖然憑燭龍之眼升上「乘風階」，但山臊的靈力更強。獨眼加上「湧泉階」的神木和紅面只能勉強抵擋山臊而已。

獨眼對山臊喊話：「你的氣息和我們那麼像，應該也是猴精吧？為什麼殘害同類？」

山臊怒斥：「你們這些野猴懂什麼，你們永遠不懂被人拋棄的痛苦！」說完他以極快的速度攻進護身網，指尖伸出長甲，冷不防地刺進獨眼的金瞳。

「啊——」獨眼慘叫的瞬間，周圍的景象突然大變。

微涼的秋季，夕陽餘暉斜照山脈一隅，使得滿山轉黃的枯葉泛起橙紅的光澤。

一個揹著竹簍的老人一邊揮著砍刀一邊徒步上山，來到一個枝葉較為繁茂的樹林地帶，才終於停下腳步。

他四處張望一陣，將竹簍裡的小猴拿出來，放在了落葉鋪蓋的地上。

那是一隻棕毛稀疏、只比巴掌大一些的小猴。小猴看起來孱弱，乍看是蜷縮起來的四肢，其實是尾巴、雙臂和無法分開的雙腳。牠天生畸形，但那雙圓滾滾的棕瞳看起來如此無辜可愛。

老人對牠說：「在這裡等我，我採完菇就來帶你回家。」

小猴聽得懂他的話，但當他轉身時，牠仍感到害怕。牠發出嬰孩般哭哭啼啼的叫聲，請老人不要離開。牠想追上去，但手腳卻無力支撐身軀的重量，只能以雙臂緩緩爬行。

而老人始終沒有回頭，亦未放慢腳步，只是逕自往來時路走下山。

小猴爬了一小段距離後，就因體力不支而放棄。牠待在原地耐心地等候主人，但是等到月明星稀，都還不見人影。

終於，牠聽到一陣腳步聲。

牠滿懷希望，引頸期待。然而接下來進入眼簾的除了刺眼燈光外，就是一個陌生的年輕男人。

男人靠近時，小猴露出齜牙裂嘴的模樣想震懾他。但是他不但不退縮，還將牠從地上抱起。

「可憐啊，大概是被拋棄了。」男人說。

小猴奮力掙扎，甚至張口咬他，但是他戴了特別厚的皮手套，牠的尖牙利爪對他來說不痛不癢。

男人說：「跟我回家吧。」

小猴停下動作，水潤的棕眼盯著他看。

男人與牠四目相對，眼神真誠地說：「我會好好照顧你的。」

奇異的畫面消失，所有人、妖都再次回到忠孝敦化站的月台上。而山臊也在獨眼、神木和紅面奮力攻擊下，暫時被擊出護身網。

山臊刻意壓低聲音：「你們知道那個男人是誰嗎？是山產店的老闆。他將我撿回去當成野味賣。為了新鮮，趁我還活著的時候，把我的腦袋直接剖開、生取猴腦，害我當場慘死。只因為他們相信『吃腦補腦』！沒想到他們吃完以後，全都在一夜之間暴斃了。哈哈哈，多麼愚蠢啊！」說到這，他哈哈大笑，笑聲卻難掩痛苦。

山臊雙眼變得通紅，神情激動，「有這樣的全靈根族在世上，簡直就是他族的悲哀。我要殺光他們！只有他們都消失，我們才有好日子過！」

許樂天在異象出現時，一邊閃避虎姑婆伸進護身網破洞的利爪，一邊打給絨絨。如果他逃不過這場劫難，希望至少絨絨能躲過。

但電話打通時已經太遲了，絨絨的手機鈴聲在站內大廳響起。

許樂天轉身一看，果然見到絨絨正滑下手扶梯，朝著他們而來。他著急地邊揮手邊大喊：「絨絨別下來，妳會生病的！」

「砰！砰！砰！」

此時一陣劈哩啪啦的鞭炮聲在周圍此起彼落地響起，山魈一受驚，立即收手、再次隱身，護身網的洞又慢慢復原。

站在手扶梯下的虎姑婆只有「湧泉階」，實力還不如「乘風階」的獨眼。她一見到「薄雲階」的絨絨，便自知絕對敵不過。眼看快要到手的可口心肝，就這麼被半路殺出的半人半妖阻礙，她扼腕地瞪了許樂天一眼，隨即隱身遁逃。

絨絨方才邊滑下手扶梯扶手，邊察看月台情勢，知道地上倒了很多人。為了避免傷及無辜，她必須將火術控制得更為精準。

她再施幻術在月台二十幾個點位上發出鞭炮聲響，其中一個點位炸出了山魈。他受驚般以獨腳跳到月台邊緣。

絨絨成功把山魈逼到無人的角落後，馬上施傀儡術控制葉紙人，葉紙人們火速飛向山魈，將他團團包圍。

接著她朝猴精們喊：「三合玉清陣！」

此陣消災解厄又能淨化排濁，但若沒有法器當陣眼，就必須有三個具備「湧泉階」以上的靈力者同時發力，陣法才能成立。

神木和紅面改與絨絨一同布陣，而獨眼則繼續施護身咒，保護許樂天與自己。

只見三道水藍色的光束瞬間左右延展成面，又變成與方才護身網相同的半透明三角錐，但它隨即變成更加巨大的圓錐，大得足以籠罩整個月台，將月台上所有人都囊括在內，為其解毒。

山魈還來不及掙脫葉紙人，陣形開始原地打轉，閃著瀲灩波光，以山魈為中心飛快地收攏底部，化成泛著藍寶石般光澤的蝶蛹。

山魈瞬間失去所有靈力，頓時癱軟在地。他既錯愕又不甘心，老淚縱橫地叫罵：「你們這群人類的走狗！你們背叛了我們！」

絨絨身形一閃，站在陣前蹲了下來，與山魈平視。她剛才在上方的站內大廳也目睹了燭龍之眼產生的異象。

她說：「我可以明白你的痛苦。我生前也是被裝在鐵籠裡、丟在山上，最後活活餓死。」

山臊睜大雙眼，質問：「那麼你們為什麼還幫人類？」

「傷害無辜者，並沒有比較高尚。」

山臊看出了絨絨眼神中的殺意，開始求饒：「不要，不要殺我！看在我們都是同類的份上。我我我——內丹給妳，放過我，拜託！」

絨絨沒有因此心軟，亦沒有一刻動搖。她站起身的同時，陣法中央出現一小團紅色的火球。

惱怒的她沉聲道：「你更不該動我的男人。」

火球與絨絨的瞳孔同時化成金色，瞬間在陣裡引爆。其威力之強，瞬間反噬了神木和紅面，他們頓時被強大的衝擊給彈開，幸而身手矯捷，連翻三個後空翻便抵銷力道、止住飛勢。

當陣法消散，蛹羽化成的不是蝶，而是一陣粉霧狀的光點，火勢完美地避開周圍地上的人。

經過三合玉清陣的淨化洗禮，月台上陷入昏迷的人逐漸恢復意識。原以為暴斃身亡的人再次有了心跳、氣息，但病情類似重症，仍舊需要立即送醫治療。而症狀輕微者如許樂天和猴精們則完全康復，只不過神木和紅面都因靈力已耗盡，就地呼呼大睡。

當化學兵和救護人員進站時，反而是絨絨因體力耗盡、陷入了昏厥。

當絨絨再次醒來時，人已經回到許樂天家的臥室。她不過動了動手，趴睡在床邊的許樂天立即驚醒。

他一抬頭看見她，便起身伸臂抱住她，「醒了，妳終於醒了。」接著才鬆開她，擔心地撫摸她的臉龐，「沒事吧？有沒有哪裡不舒服？」

她想了一下，搖搖頭。

「真的沒事嗎？」許樂天忍不住眼眶一紅，「自從妳開始轉生之後，就常常昏倒。」

絨絨發覺許樂天身上有動物毛和香水味，皺眉狐疑地問：「你在我昏倒之後去了哪裡？」

「我們和其他站裡的人都被送去醫院。還好檢查結果出來，兩個人都沒事。」他頓了一下又說，「我原本還擔心妳沒有健保卡，會不會被誤認為是偷渡人口，被警察抓走，幸好可以先用自費的方式繳費出院。」

「出院之後呢？就直接回家了？」

「對啊。怎麼了嗎？」

「那你進忠孝敦化站前，有遇到誰嗎？」

「就是虎姑婆啊。」

絨絨是見過美艷的虎姑婆的，頓時大吃飛醋，「你身上為什麼會有她的毛？香水味是不是也是她的？你們是不是抱抱了？你是不是喜歡她？」

「怎麼可能啊！我巴不得這輩子再也不要遇到她。」許樂天五官皺了起來，一臉嫌惡，「我原本好心想救她，沒想到她竟想吃我的心肝！」

「真的嗎？」

「當然是真的。別亂想了，我先去煮杯熱可可給妳喝。」

絨絨還是不太放心。因為虎姑婆不只長得美艷，真身還是罕見的石虎，比自己可愛、稀有多了。

要是讓我遇到她，一定要警告她離許樂天遠一點，她心想。

第三章 山臊

第四章 擴散

第五章 龍山寺月老

第六章 血繭

第七章 入魔

幾天後，捷運公館站附近的台大校園裡，一座小小的玻璃溫室躲藏在四周古老的建築群中。

由於溫室有恆溫空調，即便在冬季，仍舊枝葉扶疏、綠意盎然。天花板設有數排自動噴霧機管線，不時有水霧灑下、滋潤著大大小小的盆栽、綠地。

絨絨蹲在地上，一邊聽麗麗解說，一邊用小鑷子調整鐵線蕨的位置。

麗麗平時嫺靜少言，但熱愛植物的她，一談起這類話題便會滔滔不絕：「……台灣是蕨類王國，種類多達七百多種，種密度是世界之冠，所以蕨類也成為植物系重點研究課題之一。妳現在移動的鐵線蕨是台灣特有種喔。妳不覺得它長得很像迷你版的銀杏，很可愛嗎？」

絨絨對植物學不感興趣，漫不經心地回：「銀杏是什麼？我覺得它長得像青苔。」她邊問邊靠近嗅聞，「能吃嗎？」

「不能。不是每種蕨類都像山蘇一樣可以吃。」

「這也不能吃。」絨絨有些失望地說，「怎麼溫室裡種了那麼多不能吃的植物。」

「我們又不是菜農。這裡是學術單位。」麗麗又說，「鐵線蕨不只看起來很療癒，還可以淨化空氣喔。」

「很療癒嗎？我看不出來。」絨絨聽得昏昏欲睡，站起身伸懶腰時，忽然想起要事，便問麗麗，「對了，爺爺回來了嗎？他找到方法讓妳起死回生了嗎？」

「我和傅葳都沒有看到呂仙，也沒有聽到他的消息。唉，妳怎麼跟傅葳一樣執著啊，還在糾結這件事。」麗麗也站起身說，「傅葳這幾個月來一直到處翻古書、尋找能讓人起死回生的辦法。但我覺得我……死了就死了吧。就像這些植物一樣，花開花落都是自然的規律，萬物都有終結的時候，何必強求呢？」

絨絨為麗麗抱不平，氣惱地說：「可是妳命不該絕！就連爺爺都說妳有累世福報，這一世應該會很長壽的。我實在不甘心！」

麗麗輕嘆一口氣。絨絨又說：「妳就別裝了，妳肯定也不甘心吧。不然為什麼在地熱谷之戰後，總是悶悶不樂的？」

「我只是想爸媽而已。」

絨絨知道麗麗泡過北投青磺泉，已經想起生前的事，便問她：「那妳就回家看看他們啊。」

「我也想。但因為家裡沒有我的牌位，祖先們不相信我已經死了，以為我是假扮成毛麗麗樣子的惡鬼，要來害人，所以不讓我進家門。」

「什麼！妳家在哪？我去找他們算帳！」

「絨絨，不可以。我不怪他們。反正我在家門口等爸媽出門後，也能看到他們。」

絨絨最聽麗麗的話，不再多說什麼。儘管心裡有氣，還是順著麗麗的話問：「妳爸媽有陰陽眼嗎？看得到妳嗎？」

「沒有。這樣比較好。」麗麗講到這，忍不住悲從中來，眼角泛淚，「如果他們看到我，就知道我死了。他們會很難過的。」

絨絨一想到那隻惡意破壞麗麗肉身的鬼，害麗麗無法還魂、與家人天人永隔，便咬牙切齒地說：「要是讓我抓到那個毀妳肉身的鬼，我一定要他魂飛魄散！」

麗麗垂下視線，若有所思，「是嗎？」

絨絨意識到麗麗話中有話，便問她：「為什麼這麼說？妳知道是誰下的手？」

「只是猜測。」

「是誰？」

麗麗不答，絨絨急問：「快說啊！為什麼不講？」

「我是怕妳受傷。」麗麗神色憂愁，「總之，我不要妳替我報仇。」

「為什麼？到底是誰？妳快點說。要是我打不過，我就找呂洞賓爺爺、傅薮一起，去找他算帳！」

「還說呂仙呢，」麗麗順勢轉移話題，「這裡附近的神仙都還沒回來，我想蟠桃大會可能還沒結束。」

絨絨氣急敗壞地跺腳，「說到這個，我就更氣了！都已經過了半年，蟠桃大會還沒結束！」

「是啊。這段期間，台北是無神之地狀態，所以各種妖鬼都出來作亂。接下來不知道還會發生什麼事，你們都要小心安全。」

絨絨起了疑，「為什麼這屆辦得那麼久？」

「我和傅薇也有相同的疑問。或許讓台北處於現在這種狀態是有意為之。但這應該只是一種手段。目的是什麼，我們都猜不出來。」

台北的大咖神仙都跑去參加蟠桃大會，但絨絨仍不死心。她研究了一下地圖，發現自己從未去過西區。而西區最知名的寺廟為龍山寺，除了主神觀世音菩薩，尚供奉百餘尊附神，因此龍山寺又被稱為仙家聚會之地。

絨絨心想：總會有那麼幾位神仙沒去蟠桃大會，選擇留下來坐鎮龍山寺？也或許，觀世音菩薩的分神還在台北。

她決定搭捷運前往萬華龍山寺，詢問神仙們是否有方法可以救麗麗。

她搭乘板南線到龍山寺站，一號出口旁的「龍山寺地下街」與行天宮旁的地下道，並稱台北兩大算命街。要不是急著去龍山寺，她還真想去地下街給那些算命仙算上一算，看看他們是不是真的那麼厲害。

她一出站，便感受到一股祥瑞之氣。跟隨著這股氣息，沒幾分鐘就見到一座巍峨莊嚴的大廟。

龍山寺採歇山重簷式的屋頂，不論是正殿或山門，脊帶和兩端飛簷皆以祥獸剪黏和交趾陶精心裝飾；屋簷下更綴以網目斗栱、貼金木雕。光是寺前的山門牌樓，看來便是雕樑畫棟、雄偉氣派。

由於寺裡近年不再供香，整座廟的氣息更加清淨；不像尋常小廟那般，有時會有鬼群爭食香火的混亂景象。

她進入山門，經過正殿前方時，幾個小孩正朝右邊靜心瀑布下的水池扔銅板、許願。

她轉頭看了一眼，再轉回來，殿前便出現兩個身穿黑色西裝、戴太陽眼鏡的年輕男人。

門神。她心想。

她都還沒踏上石階，左邊的門神便伸手制止她：「妖與狗不得進入。」

絨絨感受到被歧視，叉腰不滿地說：「我是半人半妖，為什麼不能進去。」

右邊的門神說：「妖魂就是妖，肉身是人也不行。」

她嘟嘴抱胸，不服地想：這兩個品級那麼低的小仙根本就打不過「薄雲階」的我。更何況我已經能施展仙級的三昧真火，真要動手也是易如反掌。只是這麼一來，會不會得罪廟裡的神仙呢？

左邊的門神催促：「還不快走。」

她站在殿前自言自語也引起了不少香客的注意，於是只好先走出山門到外面去。

她沿著寺廟圍牆，往右繞過偏廳，進到青草巷，打算從側門進去，或從後方翻牆進去。

經過鼓樓、東廂外圍時，她施展幻術「一葉障目」，使周圍的人暫時看不見她。

正要翻牆進去時，突然有個蒼老的聲音喊住她：「為什麼爬牆啊，小狐狸？」

她轉頭一看，角落突然出現一個與周圍格格不入、專賣羊毛氈手工藝品的小攤子。喊她的正是老闆。他滿頭白髮，身穿紅色毛衣，戴著一副小圓眼鏡，鏡框下的細金鍊繞過頸後。

絨絨訝然：「月老？」

月老看來慈眉善目，他對她點頭微笑，「不錯不錯，還知道我啊。現在的小孩看到我都叫我聖誕老公公。唉呀，真想剪斷他們的正桃花。」接著又複述剛才的問題，「為什麼爬牆啊？來來來，我這還有個位子，來坐吧。雖然我很忙，也許還是能幫幫妳。」

絨絨說明來意後，月老一邊忙碌地將好幾個小人偶織上紅線、配對，一邊告訴她：「這個嘛，我和其他神仙恐怕幫不了妳。至於觀音嘛，祂前幾天出發去瑤池了。祂是這屆蟠桃大會的壓軸嘉賓之一，也沒留分神，妳過幾天再來吧。」

絨絨再次抱胸埋怨：「為什麼這屆蟠桃大會辦那麼久？整整超過半年，害得台北都群魔亂舞。」

「還不都是為了刺激人……」月老說到一半，欲言又止，「妳是妖，我可不能跟妳說。」

絨絨氣憤地說：「我是半人半妖！」接著看月老在牽紅線，便一伸手，「我也要一條。」

「噢，那可不行。妳雖然獲得人身，但魂籍仍是妖。老頭子我只管人間姻緣，所以沒辦法幫妳，就算給了妳，紅線也會失效。」

絨絨眼珠轉了一圈，又問月老：「那你可不可以告訴我，許樂天有沒有姻緣？你幫他綁上紅線了嗎？」

「當然不可以的嘛。我怎麼能洩漏個資呢。」月老邊說邊搖頭，「不說不說。」

他不說，絨絨便以為是有了。

她吃醋地想：到底是哪個女人？她漂亮嗎？聰明嗎？不知道我有沒有見過。可惡，要是我完全轉生成人，就能拿紅線了。

這麼一想，她想當人的心也更加強烈。

月老看絨絨氣得腮幫子都鼓了起來，便輕拍她肩膀說：「不氣不氣啊。雖然我沒辦法給妳紅線，但我剛才想到，如果妳想改魂籍，去找高僧的舍利子可能有用。說不定它也能幫到妳的主人麗麗呢。」

「我可以去哪找？」

「這個不能說的嘛。再說就真的是洩漏天機了。」

「好吧，至少有方向了。終於！」絨絨精神為之一振，一把抱住月老，「謝謝你。」

絨絨離開龍山寺，邊往捷運站走，邊將這個好消息用 LINE 傳給許樂天和傅薇。

許樂天正與公司的專案經理和其他工程師在台北車站附近的客戶公司處理問題。他一看到她的訊息，便和她約在台北車站吃午餐，順便討論這件事。

一想到麗麗有希望了，絨絨心花怒放地搭上捷運，就連口罩都藏不住她臉上的笑意。

中午時段，捷運站和捷運車廂裡都是人擠人，幸好距離台北車站只有兩站，很快就到了。當捷運抵達台北車站時，窗外卻是一片混亂的景象。車門一開，絨絨就聽到尖叫聲和哭聲，月台上的人們爭先恐後地推擠進捷運裡，像是在逃難。

絨絨一下子被擠到角落，心中一凜：又有妖鬼作亂？

第六章 血繭

她彷彿激流中逆流而上的魚，奮力往車門擠去。好不容易來到門邊，頭髮已凌亂炸毛，口罩也歪向一邊，露出短袖的手臂被別人的背包打到而泛紅，小白鞋還被踩得髒兮兮，整個人像是剛打完架一般。

板南線月台門被人潮給強行頂住，她擠下車後，仍持續不斷有人試圖擠上早已塞爆的捷運車廂，比跨年夜人潮還要誇張。

她看向周圍瘋狂的人群，一邊調整口罩，一邊小聲喃喃自語：「搞什麼啊，這些人怎麼回事……」

此時手扶梯和樓梯還有源源不絕的人潮哭喊、推擠著跑下來，月台上甚至同時發生多起踩踏意外。她攔住一位舉止看起來較冷靜的男人，問他：「上面發生什麼事了？大家在跑什麼？」

男人眼神慌亂，答非所問：「千萬別上去！上面不安全，趕快搭捷運離開這裡！」

與此同時，他們旁邊有個女人抓狂似地拍著月台門大喊：「快來啊！好多血，都是血！」

絨絨想到許樂天，擔心他安危的她想趕快衝上手扶梯找人，但往下的人實在太多，她只好跑到月台另一頭搭電梯上去。

當載著她一人的電梯升到站內大廳，她簡直不敢相信自己的眼睛。

如方才那個瘋狂的女人所說，透明的電梯門外，到處都是屍體和血跡，恐慌的人們跑來跑去，彷彿剛經歷過一場屠殺。除此之外，還有許多形狀類似蠶繭、大如棺材般的血色紅團。

她從未見過這種東西。只覺得自己好像進入某種妖物的巢穴，而那些繭狀物都是妖的食物或卵。

電梯門一開，她再次逆著人潮走出去，同時打給許樂天，問他人在哪。

許樂天說：「我還要五到十分鐘左右，現在走到開封街。」

「不要過來捷運台北車站，裡面很危險。你離捷運站越遠越好。」

「妳怎麼知道？妳在站裡？那妳現在不是很危險？」

「我馬上就要出站了。反正你不要靠近就對了。我出站之後再打給你。」

她掛電話後，仰頭嗅聞了一下。

不是妖氣而是陰氣，所以是惡鬼。陰氣來自「站前地下街」（註1），與離她最近的閘門方向相反。她一邊左顧右盼，一邊往公園路的八號出口而去，很快就看見閘門處也有著一團巨大的紅繭。

路人都因為這團紅繭而不敢走這邊的閘門。絨絨為了能盡快出站，便憋住氣，小心翼翼地繼續往前走。

紅繭散發著血腥味和黑煙般的怨氣。絨絨忽然想起了什麼，立刻蹲下湊近一看，繭是由菟絲子經怨氣化成的血絲纏繞而成。她弄斷數條紅色毛線般的血絲後，從中流出了鮮紅的血液。

她再徒手扯斷一大把血絲，血繭裡竟然是一具男屍！

他坐在地上，背倚著感應票卡的機台，臉色發白、臉頰凹陷，瞠目張嘴的神情彷彿凍結在死亡的恐懼瞬間，全身都被血絲鑽出無數的孔洞，看起來極為駭人。

這與地熱谷一戰，麗麗肉身受毀的模樣如出一轍，甚至更為怨毒狠辣！

「原來那傢伙在這裡！」絨絨盛怒之下，雙眼登時閃現綠光，站內所有監視器都同時發出劈啪火花，隨即冒煙故障。

她站起身，毫不猶豫地轉身走回站內大廳。口袋中，數十張葉紙人隨她心念迅速地飛

註1：台北車站共有四條地下街，分別為站前地下街（Z區）地下街、台北（Y區）地下街、中山（R區）地下街和誠品（K區）地下街。文中的「站前地下街」在忠孝西路正下方，十個出口編號皆為Z開頭。地面上有著歷史悠久、人潮密集的「新光三越台北站前店」商圈。

向地下街方向以外的岔口。

「陣列前行！」

板南線大廳所有岔口、出口同時出現金色護身網。待會打鬥時，她絕不會讓那惡鬼有機會逃脫。

堵住其他去路後，她繼續逆著人潮逃離的方向，循著陰氣跑進站前地下街。

地下街陰氣更加濃重，屍體、血和血鏽遍布商店內外。幾間店家播放的音樂聲中參雜著一陣叫喊，厲鬼正在前方大肆殺戮。

絨絨就近躲在Z2出口旁的角落，打給傅薟，要他一起過來替麗麗報仇。

傅薟接起電話，絨絨就說：「我現在在台北車站站前地下街，找到一個可能是破壞麗麗肉身的鬼！」

「長什麼樣子？我現在過去。」

絨絨探頭往後方一看，美目睜大，震驚地說不出話。

大紅襟衫配黑色馬面裙。那厲鬼的裝扮，絨絨再熟悉不過。

披頭散髮的厲鬼轉身露出那張蒼老死白的臉與鮮紅的嘴唇，正是死寡婦——阿娟。

絨絨心中一震，阿嬤！

「不，不可能。」她邊搖頭邊眨眼，萬分希望眼前的鬼會因此而改變，「怎麼可能？怎麼會是她？」

「誰？妳認識？」傅薇問。

絨絨不答，只是將手機掛掉並關機。

邱灩那日對絨絨說過的話，言猶在耳：「……一旦進入惡鬼道，就不可能回頭了，良知和理智遲早會被無邊的仇恨和痛苦給吞噬殆盡，最終成魔。」

諸多念頭閃過絨絨腦海，使她瞬間想通了許多枝微末節間的關聯：

首先，阿娟很可能也加入了無頭商人的陣營，想完全奪舍重生。或許是因為地熱谷那一戰，讓阿娟徹底失去重生的希望，所以才入魔。

再來，麗麗當日對絨絨說的「怕她受傷」，指的是「怕她心理受傷」。因為某個原因，麗麗推測出毀壞她肉身的人是阿娟，但是她並不打算告訴任何人。

此外，先前在北投出現的角鬼是一種受礦石影響而異化的礦鬼，無頭商人更能將北投石為他所用，既能治人又能殺人於無形，還能讓自身魂魄不斷復原。因此絨絨猜想，阿娟可能也是出於某個麗麗知道的原因，死後獲得類似木術的能力，能用怨念將菟絲子轉化為血絲殺人。

絨絨開始回想阿娟生前的坎坷經歷。阿娟的丈夫整天進城裡的妓院、花天酒地，不僅家產揮霍一空，更染上性病並傳染給她。無錢可治的情況下，丈夫發病後先她而去。而阿娟發病沒多久，無知的家人嫌她晦氣又怕被她傳染，就將她趕出家門。幾天後，流落街頭、淪為遊民的阿娟就此餓死。

順著這個思路，絨絨又想起自己剛升上「湧泉階」、化成人形不久時，曾經有隻鬼遊蕩到辛亥公墓區。當時那鬼一見到阿娟便認出她，還連連向她道歉。

那鬼告訴大家：「其實阿娟當時並沒有死絕，只是餓昏了。甲長（註2）就拿了一些錢給我，託我把阿娟帶去給隔壁村大夫看病。我聽人家說，阿娟被丈夫染了病，也擔心自己會被她傳染。而且我當時又有賭癮，所以用牛車將她帶到荒山丟棄，就拿著這些錢去賭了。之後甲長問我，我就說阿娟半路跑了。

「可是兩天後，我良心不安地回到拋下她的地方，心想就算是死了，也該幫她安葬。沒想到她不見了。我四處找了一會，發現她吊在樹上，而且整個人連同大半棵樹都被一種像是黃色藤蔓的東西裹成一大團，要不是看到她掉在地上的鞋子，我根本認不出她。那團東西看起來實在太嚇人了，所以我就害怕地跑下山，再也沒回去過。」

當時阿娟只說是那鬼記錯了，她確實就是死在街上。

隔天那鬼就不見了。誰也沒把這件事當一回事，也很快就將他說的話給拋諸腦後，只相信阿娟自己對外說的經歷。

想到這，絨絨不寒而慄，因為阿娟從來沒在她們面前用過菟絲子這招。她瞞過所有認識她、信賴她的人。

絨絨自言自語：「難道她連我和麗麗都防？可是為什麼？」

一想到麗麗對於這一切都知情，卻要裝作什麼事都不知道，還得反過來安撫自己和傅薇，絨絨便心如刀絞。

她雙手扶額，既震驚又迷惘，「為什麼？阿嬤為什麼偏偏要毀掉麗麗的肉身？我們感情那麼好。如果是入魔、神智不清，為什麼特別針對麗麗？其他人都沒有被破壞……」

背後忽然一陣槍響，拉回絨絨的思緒，她轉身再次探頭看去。

地下街的人能逃的都逃了，只剩滿地屍體、血繭和兩名警察。他們正同時朝阿娟開火。數叢血絲忽從警察跟前的地面竄出，眨眼間就如鐵絲般穿過他們的手腕。在他們痛苦的叫聲中，血絲如荊棘般包覆住槍枝，再空中轉向、從他們上方，往下吞噬他們的頭、軀

註2：據《台灣文化志》所載，台灣早在清朝時期便有保甲制度，目的主要為守望相助、維持治安。日治時期沿用此制並將其修改，成為輔助警察監控百姓的工具之一。

幹和四肢。他們有如被釣出水面的魚般撲騰、掙扎了幾下，便不再有動靜。

整個過程發生得太快，絨絨都還沒反應過來，地下街四號廣場就又多了兩個宛如裝置藝術的血繭。此刻除了絨絨以外，再沒有別的活人了。

阿娟盯著眼前的兩個巨大血繭冷笑一聲，轉頭就要走出一旁的Z4出口，似乎打算上到路面，繼續大開殺戒。

絨絨知道Z4出口就是人潮絡繹不絕的新光三越商圈，要是讓阿娟上去，絕對會釀成更慘重的災難。於是她趕緊射出葉紙人、施六甲祕術擋住出口，「陣列前行！」

Z4出口頓時出現一道金網。

絨絨跑向阿娟，大叫：「阿嬤！」

阿娟血紅的雙眼看了絨絨一眼，退後一步，語帶忌憚：「薄雲階……」

「阿嬤，妳不記得我了嗎？我是絨絨啊、小狐狸啊。」

阿娟面無表情、眼神無波，顯然對絨絨沒有半點印象。屬於「惡鬼道」的她，道行約莫相當於妖道的「乘風階」。她自知不敵絨絨，正想避開絨絨、從其他出口逃離時，又有五、六個警察穿過絨絨設下的護身屏障，從Z4出口跑進了地下街。

第七章 入魔

警察明顯還搞不清楚狀況，也認不出眼前的兩個血繭是同袍，只以槍瞄準阿娟，出聲要兩手空空的她放下武器、雙手舉高。

一圈血絲冷不防從地上冒出，唰一聲像巨蟒的血盆大口一樣，將帶頭的警察連人帶槍地吞下、裹成血繭。

「不要，阿嬤！」絨絨一邊朝阿娟跑，一邊喊，「他們不是壞人，不要傷害他們！」

其中一個警察火速奔向絨絨，要她離開。剩下四個警察對阿娟開槍，子彈穿過阿娟的臉龐和胸膛，射破身後的店家櫥窗，玻璃破裂聲一時不絕於耳，而阿娟完好無傷。

警察抓住絨絨的瞬間，阿娟身形一動，手上就多了顆仍在跳動的血紅心臟。她身前的警察胸口已破了個大洞、熱血大量噴湧而出，將她全身噴得鮮紅。他顫抖了一下，手一鬆、槍一落，便向後倒去。

此時更多、更粗的血絲叢從地上竄出、攻向其他警察。絨絨一把掙脫抓住她、要帶她走的警察，另一手施火術攻向血絲叢。火舌精準地避開警察，將血絲叢焚燒成焦黑冒煙的章魚觸手。

絨絨對阿娟大吼：「不要再亂殺人了！妳不是只吸收壞人的精氣嗎？」

周圍的聲音戛然而止，阿娟和警察們全都定格般動也不動。一個熟悉的女聲說：「跟她講理是沒用的，她已經聽不進去了。」

身穿白色合身西裝的短髮女人憑空出現，繼續說：「我告訴過妳，進入了『惡鬼道』，遲早會入魔。她現在神智不清，只剩下滿腔的憤怒和痛苦，需要不斷透過殺戮宣洩。」

絨絨一看到眼前的女人，便知道糟了，是邱灩。捷運台北車站也屬於東青丘的管轄範圍。

邱灩話音方落，一柄由水氣凍結成的長刃便直刺向阿娟。千鈞一髮之際，絨絨跳到阿娟身前，一揮火鞭，打飛長刃。

縱使阿娟有千千萬萬個不對，絨絨也不可能見死不救。

「妳這是在做什麼？」

「阿嬤照顧了我二十幾年，我很清楚她的為人。她是很好心的鬼，她只是一時誤入歧途——」

邱灩打斷她的話：「她過去怎麼樣已經不重要了。惡鬼入魔是不可逆的，現在我們不殺她，她就會繼續殘害更多無辜的人。讓開。」

絨絨不為所動，眼神堅定地看著邱灩。她知道邱灩與呂洞賓同為武仙等級，自己無論如何都不可能打贏邱灩，但是她說什麼都不能退。

邱灩微微蹙眉，「我以為妳殺伐果斷，沒想到竟然如此婦人之仁。我對妳真是太失望了。妳以為我不會打妳嗎？我說最後一次，讓開。」

絨絨仰頭，握緊火鞭，固執地說：「不讓。」

邱灩原本只打算將絨絨也定格，再對阿娟動手。但是當絨絨在兩人間升起足以使冰瞬間氣化的金色火牆、似乎執意護阿娟到底時，她改變了主意。

「看來有必要讓妳明白，妳與仙道『罣礙階』之間的差距。」

邱灩說完，連兵器都沒亮出來，便欺身向前、一拳擊向絨絨。她的手臂直接穿過三昧真火，一舉將絨絨連同後方的阿娟給打回一百公尺遠的板南線大廳。

絨絨渾身痛得猶如被針扎、火燎一樣。當她回過神來，首當其衝的自己不只被打得魂魄出竅，二魂三魄還都被打滅了，只剩一魂四魄！

她轉頭一看，倒在不遠處的阿娟也只剩二魂四魄。

絨絨心中一震，這一刻才明白：那日呂洞賓與自己在銀河洞對打，根本只是鬧著玩。不過，邱灩這麼一擊，反而將施在阿娟身上的時間禁制給打沒了。

倒在地上的阿娟雖然沒有絨絨傷得重，但神情卻十分痛苦。她雙手抱頭，五官扭曲，仰頭流淚說：「好痛……我好痛……救我……」

邱灩隨即也在站內大廳現身。她雙手將絨絨的肉身輕放在電梯旁的角落，「妳的肉身得來不易，別弄壞了。」

絨絨一眨眼，邱灩便已站在她們的魂魄身前，問絨絨：「已經重傷了，還要繼續攔我嗎？」

絨絨沒有回答，而是站到阿娟身前，眼神直勾勾地看著邱灩，神情一樣堅定。

她拉起阿娟，忽施瞬移術與邱灩拉開距離，再對邱灩施火術：「金蛇沖霄！」數十道蛇型三昧真火、齜牙裂嘴地撲向邱灩，行經之處無不燒出焦痕，地板、天花板，甚至是屍體、血繭都隨之受熱捲曲變形、冒出惡臭。

邱灩邊嘆邊搖頭，「螳臂擋車。」她不過輕打響指，數道炙熱火焰頓時煙消雲散。

絨絨趕緊推阿娟一把，「阿嬤快逃！」才剛說完，邱灩便已再次來到絨絨面前。

她見邱灩再次抬手，立即施護身咒、在身前形成一道透明金盾。但是邱灩再次輕而易舉地一拳擊碎金盾、將她們殘存的魂魄給打飛，並且又打滅了絨絨的三魄。現在只剩一魂的她，連爬起身的力氣都沒有。

被打到剩一魂一魄的阿娟見到絨絨為護自己受重傷，心裡的那點良善突地被喚醒，暫時壓住了仇恨，神智也頓時恢復了一些。她氣息微弱地叫喚：「小……狐狸？」

絨絨抬眼一看，地上的阿娟身影突然與夜鷺精的模樣疊合在一起。她憶起夜鷺精當日捨身護住她的情景，忍不住熱淚盈眶。靈力耗盡的她吐了一口靈血，虛弱地對阿娟說：

「快逃……」

邱灩一步步走向絨絨，但不知為何突然穿過地面、下到了板南線月台。絨絨一愣，回頭一看，阿娟也消失了。再環顧一圈，這才想起自己剛才用葉紙人在板南線大廳其他岔口、出口都設下護身屏障；阿娟除了回站前地下街，便只能往下方板南線月台跑了。

難怪我的靈力消耗得這麼快。

她立即撤掉所有護身網，看了一眼角落的肉身，便也逕自穿過地面、下到了板南線月台。然而靈力所剩無幾的她根本止不住墜勢，就這麼摔落地面，頓時頭昏腦脹、腦袋一片空白。

她忍著劇烈的痛楚，雙臂吃力地撐起身，雙腿顫抖地站起。她四處張望，尋找阿娟和邱灩的身影，發現她們就在前方不遠處，立刻化部分魂體為火鞭、甩向邱灩。邱灩連頭都沒回就徒手抓住鞭子，猛力一揮，反將絨絨甩出去。絨絨直接穿過月台門，摔落軌道。

她感受到隧道的風吹拂過來，便猜測邱灩並沒有在月台兩側的隧道設下時間禁制。應該是為了讓原本在站內的人有機會搭捷運逃離的關係。

「絨絨！」許樂天的聲音突然在月台上響起。

絨絨以為自己聽錯了，但轉頭一看，真的是許樂天。

許樂天見她受重傷，馬上將背包扔到一旁，翻過月台門，毫不猶豫地跳下軌道，奔到她身邊，慌亂地問：「怎麼會這樣？妳怎麼會傷這麼重？誰把妳傷成這樣的？」

他心如刀割，想將她抱起，雙手卻直接穿過她的魂。

她也急著說：「你瘋了嗎？快上去！萬一捷運來了，怎麼辦？」

下一秒，阿娟也跳到絨絨前方不遠處的軌道上。

許樂天見到阿娟，眼神一變，聲音也連帶變得低沉：「是她？」

「不是。你快上月台！」

此時邱灩跳到絨絨與阿娟中間，問許樂天：「整個捷運站的時間都已經靜止，對外也都施了幻術，沒有人可以找到入口，你是怎麼進來的？」

許樂天沒有回答邱灩，而是繼續問絨絨：「是她？」

「別說這些了，你快點上去啊！」

許樂天臉上出現絨絨從未見過的怒容，對邱灩怒目而視，「是妳把絨絨打成這樣的？」

邱灩這才想起，他是地熱谷之戰覺醒、之後又失去神力的人。

一想到天資極高的絨絨因他而沉迷情愛、耽誤修行，她便對他感到十分厭惡，遂冷言回道：「是又怎麼樣。你還沒回答我，你是怎麼進站的？」

極為惱怒的許樂天眉頭一皺，周身突然閃起電光。他握緊雙拳的瞬間，襯衫口袋中的雷射筆隨他心念自動飛出，在空中變回震天劍，疾速攻向邱灩。

「天威劍！」邱灩馬上想起地熱谷之戰，許樂天初次覺醒的情景，訝然地說，「呂洞賓竟然沒取回佩劍就直接去瑤池了？他們兩人之間到底有什麼關係？」

邱灩感應到強大的劍氣，下意識變出一對刻有符文的青銅三叉「短叉」來抵禦。兩兵器相交時，軌道被炸出一個大坑，強大的氣流將邱灩颳得騰飛出去，上方數塊水泥塊崩落。邱灩空中一個後翻，再用雙短叉抵地止住勢。

兩方中間憑空出現數道冰牆，邱灩對許樂天說：「你就算再次覺醒、再度拿回神力，也打不過我。我不想傷及無辜，這隻屠殺人的厲鬼，我今天必須滅掉。你們已經浪費了我太多時間，快帶絨絨走吧。」

但是盛怒的許樂天根本聽不進去，舉劍便朝冰牆揮砍。

這些以法力快速凍結的冰，一落地便迅速融化成水。那些水開始在軌道上蔓延，竟意外引起高壓電導電（註1），踩在軌道枕木上的許樂天突然渾身抽搐，瞬間就被電死，劍隨之掉落地上。

「許樂天！」絨絨尖叫。

本不打算傷害他的邱灩也是一驚，趕緊右手一揮，他便整個人飛離軌道，以平躺的姿勢懸在空中。

然而一切已太遲了，他全身冒煙、發出焦臭。

「許樂天！」絨絨勉強撐起身子，連爬帶走地靠近他，見他沒了氣息，頓時兩行熱淚滑落臉龐。她又驚慌又憤怒地轉頭瞪著邱灩，「他怎麼了？妳到底對他做了什麼？」

就在這個時候，許樂天周圍再次閃起數道藍紫色的電弧，身體緩緩落下的同時，震天劍自動飛回他手中，軌道上的水全都瞬間氣化。絨絨感到一股強烈的吸力，將她引到他身旁，有股靈力開始從他身上流淌過來。

註1：台北捷運採用的供電方式是「第三軌供電」。與路軌並排的導電軌電壓高達七百五十伏特，若不慎踩踏觸碰導電軌，立即會喪命。

第八章 作繭自縛

「許樂天！你醒了？你有沒有事？」絨絨破涕為笑，伸手觸碰他的臉。這次竟摸得到他了。

許樂天雙腳落地，抬頭、雙眼一睜，瞳孔變成螢藍色，對絨絨說話的語氣仍舊溫柔：「我得保護妳，不能有事。」

話一說完，便持劍朝前方的冰牆一揮，不僅數道冰牆同時氣化，隧道上方又為之震動、再度崩落數塊水泥塊。

邱灩與許樂天對立而視，她看著他周圍的電光，大為震驚，露出極少見的錯愕表情，喃喃地說：「再次覺醒後的神力竟然變成第一次的三倍！他到底是什麼來歷？」

她心中暗自思酌：他現在覺醒後的能力完全超越我。就算現在這樣不是完全覺醒，也已經對東青丘的地位造成威脅。我必須趕快回報首相。

許樂天眉頭下壓、怒視前方的邱灩，握緊劍柄便朝她衝去，凌空高高一躍，朝她當頭劈下。

震天劍威力強大，劍氣劃破仙氣護體的邱灩臉頰，就在劍刃即將剖開她頭頂時，她突然一個轉身避開，軌道頓時出現一道大裂縫。她身手極快地左手短叉箝制住劍身，右手短叉刺向許樂天側腹。

許樂天一個逆時針側翻避開，同時抽回劍，再朝她揮去。她持雙叉相抵，發出金屬磨擦的電光和鏗鏘聲，周遭因劇烈震動又裂開數道裂縫、水泥塊再度崩落，掀起無數煙塵。

兩人對打速度快得出現殘影，外界看來都糊成一團，幾秒間便以來回數輪。

殺氣騰騰的許樂天再度舉劍朝邱灩直刺，她彎腰屈膝閃過，同時右腿掃向他。他正要躍起，雙腳便忽然結冰、黏在地上。就在她要將他絆倒時，突然渾身遭電擊、抽搐不止。

就在這個時候，一道刺眼強光從許樂天後方隧道深處射來，捷運即將進站。

方才他們打得如火如荼，這時才發現軌道被他們打出好幾個大坑不說，更是遍地水泥塊，捷運要是進站，不出意外才怪。

而阿娟不知何時已回到月台上，開啟了所有月台門，數以千計的血絲在月台門邊躍躍欲試，打算趁捷運進站、開車門時，趁勢攻入車廂。

邱灩朝阿娟射出一支短叉，被靈力稍稍恢復的絨絨揮火鞭擋下。絨絨隨即拉住阿娟的手臂哀求：「阿嬤，妳快點收手吧，我拜託妳，不要再殺人了好不好。」

許樂天雖然搞不清楚狀況，但知道阿娟是絨絨很重要的人，便擋在邱灩前面，不讓她上月台，同時施展雷霆之力在軌道上產生磁吸力，使還沒完全進站的捷運瞬間煞車急停。

「啊——」他使勁全力一邊抵擋邱灩，一邊控制捷運，剎那耗費大量靈力，熱血頓時自鼻腔流下。

就在捷運上的乘客因驟停而紛紛摔倒在地、撞成一團時，月台上的阿娟忽然一個箭步，攻向已腹背受敵的許樂天。

絨絨眼看阿娟偷襲，反射性揮火鞭而出。她原本是想用火鞭將阿娟纏繞住，但鞭子一觸到阿娟時，絨絨就知道自己錯了。

只剩下一魂一魄的阿娟，根本承受不住「薄雲階」的妖火；她的魄瞬間消失，魂也開始消散。

絨絨大驚失色，連忙收起火鞭，飛奔到倒地的阿娟身邊，神情慌亂地連連道歉：「對不起對不起！阿嬤，對不起，我不是故意要傷妳的。」說完便立刻輸靈力給她。

但靈力被阻擋在外，阿娟不願接受。

絨絨急道：「快收啊，阿嬤！」

阿娟輕輕搖頭，奄奄一息，「妳的靈力也快沒了。」

「妳恢復意識了？」絨絨睜大雙眼，將阿娟扶起上半身。

「既然我無法放下、無法安息……苟延殘喘，還不如……死在妳手裡。」

絨絨馬上就意會過來，淚珠再次在眼眶裡打轉，「妳是故意攻擊許樂天，引我殺妳的。」她抱住阿娟，「為什麼要這麼做？還有，妳為什麼要毀了麗麗的肉身？」

「嫉妒……絕望……」

正如絨絨方才所猜想的一般，阿娟加入了無頭商人的陣營，企圖完全奪舍、重生。當她在北投溫泉博物館看到花子打算奪麗麗的舍時，她曾一度想阻止，但阻止的原因不是為了麗麗，而是阿娟自己也想要麗麗的肉身。在她看來，麗麗生前的人生太美好了。

但是地熱谷一戰，阿娟重生的希望被打碎，又見到如此俊秀又深愛麗麗的傅葳，她更加嫉妒、怨恨。當她萬念俱灰，只剩滿腔怨懟的情形下，她毀了麗麗的肉身；既然她無法重生，其他人也別想重生。

「其實妳不只恨麗麗，也恨我吧？」

「是！我也恨妳，我也恨天底下所有的男人！我恨你們所有人！」即將魂滅的阿娟再也沒什麼好隱瞞的了，「要不是因為妳升上『薄雲階』，妳的愛人又覺醒、道行都勝過我，我早就在地熱谷那晚，把你們都殺了。」

阿娟頓了一下，又說：「憑什麼妳和麗麗都那麼美，我就那麼普通？」說著說著，她也流下了眼淚，哭花臉上死白的妝粉，「為什麼妳們都有男人真心對待、疼愛，我就沒有？為什麼他娶我沒幾年後就不再愛我了？為什麼他們要把我趕出家門？為什麼！我好痛……我心好痛……」

「那混蛋都死了幾百年了，妳為什麼還放不下？妳還有我們啊。難道我們在一起那麼多年，對妳來說都不重要、都沒有意義嗎？」

阿娟苦笑一聲，輕聲說：「就是因為有意義，所以當妳以身護住我的時候，我才會心疼、才恢復了神智。我才知道，其實我也不恨妳們，我誰也不恨。我恨的是這個世界，恨這世界的不公平……」

說到這，阿娟的手腳已經全散盡了，只剩下頭與軀幹。

絨絨邊哭邊求阿娟：「妳快點收靈力啊，快點……」

但阿娟陷入自己的思緒，雙眼無神地呢喃：「這世間情愛就像是繭，如果不能看破紅塵，就無法破繭而出。看不破又深陷其中的我……只能作繭自縛……只有魂飛魄散才能解脫。」只剩下頭的她看向絨絨說，「我不要來生，我不要再愛上任何人……太苦了……我……」說到一半就徹底消散了。

「阿嬷——」絨絨大喊一聲，隨即跪倒在地，崩潰大哭。

而軌道上的邱灩見目標已被消滅，也不戀戰，立即將許樂天整個人凍結、施時間禁制讓整列捷運靜止。

許樂天隨即破冰而出、跳上月台，來到絨絨身邊。然而此時邱灩早已消失，只剩下她的聲音在迴蕩：「東青丘的人馬上就會過來善後，帶絨絨離開。」

幾天後。

下班時間，許樂天與其他乘客從擁擠的捷運擠下車，將手上提著的背包背起，步伐快速地走出東湖站。

他走過熱鬧的商店街，進到自家社區中庭時，習慣性地抬頭往家的方向看。

是暗的。

他嘆了一口氣，情願是絨絨出門了，而不是沒開燈。

自從阿娟魂滅以後，絨絨悲痛萬分，整日蹲在家裡的小角落悶悶不樂。他試了許多網路上教的方法，嘗試安慰她、逗她開心，但通通都沒用。

他問麗麗該怎麼辦，麗麗給他的答案是：只能等她自己想開。他能做的只有陪伴。

他問樹人，他們只是搖晃葉子，什麼都沒說。

他問傅薇，傅薇因為情人節快到了，比他還焦慮，甚至反過來問他：「要送什麼禮物給麗麗比較好？」

簡直莫名其妙。

羅震坤就不用說了，一接起電話就滔滔不絕地跟他提起最近台北的新都市傳說——台北車站百人失蹤案。根本不讓許樂天有機會插話，自然也沒有機會得到建議。

許樂天邊看向家，邊自言自語：「我還能再為她做什麼呢？」

有什麼方法可以轉移她的注意力、消弭她的自責、讓她心情好過一點呢？

此時，社區的警衛走過來向許樂天打招呼：「許先生，你在幹嘛啊？」

「喔，沒什麼。只是……」他不太習慣向陌生人提私事，但眼下他急需建議，便直說，「我女朋友的阿嬤最近去世了，心情很不好。我不知道該怎麼安慰她。」

警衛抱胸想了一下，「讓她多參與後事啊。她應該會希望可以為阿嬤再多做點什麼吧。當然這是我自己的經驗啦，你聽聽就好。」

「後事啊……」許樂天心裡頓時有了些想法。

當他回到家的時候，手裡多了三個大紙箱。

晚飯過後，他從紙箱裡拿出一疊又一疊印有紅字「極樂世界」，以及月輪般的梵文陀羅尼咒（註1）的黃色蓮花紙，放在客廳茶几上。開始邊看筆電的教學影片，邊摺蓮花。

蹲在客廳角落的絨絨看了，開口問他：「你在幹什麼？」

「摺蓮花啊。聽說燒給往生者，就可以幫往生者消業障，讓他們去西方極樂世界。」

「你有家人去世了？」

「不是啊。是為了妳的阿嬤摺的。」他想了一下又說，「還有妳的夜鷺精阿公。要不要來一起摺啊？」

絨絨垂下視線，沮喪地說：「不必摺了。他們已經魂滅了，沒辦法被超渡，沒辦法投胎，也沒辦法去西方極樂世界了。」

「不試試看怎麼知道。」許樂天繼續摺紙，「心誠則靈。我相信會有奇蹟。」

「白費工夫。」絨絨再次環抱住自己，將頭靠在手臂上發呆。

許樂天見她不感興趣，也不再多說，只是抿了抿嘴，繼續低頭認真摺蓮花。

絨絨口中雖如此說，但是許樂天隔天早上醒來，一打開房門，客廳堆積如山的紙蓮花便如土石流般沖進房間，將他整個人淹沒。

註1：全名為《佛頂尊勝陀羅尼》，故又稱《尊勝咒》，極為重要的超渡經文之一。佛教經典之一《大藏經》有載：《陀羅尼》能消除一切業障惡報、遠離痛苦、不墮地獄；動物聽聞，往生後便可不再入畜生道。唐代宗更下詔命全國僧尼須每日誦唸《陀羅尼》。因而唐朝時期，《陀羅尼》是佛教徒間最流行唸誦的咒語。

第七章 入魔

第八章 作繭自縛

第九章 面具豬哥

第十章 轉變

第十一章 倀鬼

辛亥隧道口前的二殯（註1），許樂天與絨絨正在工作人員的協助下，在焚化爐前拉起一圈紅繩，將紙蓮花投入爐內。

除了他們兩人以外，與阿娟熟識的猴精們、辛亥公墓區的鬼居民們也都來了。麗麗不願前來，傅薇恨阿娟入骨，自然也未出現。

工作人員雖然有陰陽眼，見得到這些鬼魂，但早已見怪不怪。只是避開鬼魂，站在不遠處說：「喊往生者的名字，請他來收。」

遺憾的是，絨絨和其他妖鬼都不知道阿娟的全名，而夜鷺精更是連名字都沒有。

許樂天和絨絨互看一眼，只能喊著：「阿娟，來收喔！夜鷺精，來收喔！」

以往燒金、焚蓮的時候，周圍的孤魂野鬼都會上來爭搶，但許樂天強大的靈能起了威攝的作用，令他們不敢貿然上前，只能在紅繩圍起的圈子外搓手、乾瞪眼。

絨絨在爐前跪下，爐火紅光將她的臉龐照得肅穆，她闔眼合掌，誠心祈求上天：我不敢奢望還能再見到阿嬤、夜鷺精，但我請您們看在他們過去曾做過許多善事的份上，求您們再給他們一次機會，讓他們再次擁有元神、魂魄。如果再有來生，可以不要那麼坎坷，

註1：台北市立第二殯儀館。由於靠近木柵，台北人多稱其為二殯或木柵殯儀館。

可以平安度過一生、壽終正寢。

一旁的許樂天凝視著絨絨，儘管聽不到她的心聲，他也猜得出她所求為何，便也跟著閉眼祈禱。

絨絨睜開雙眼，看著爐裡的朵朵紙蓮逐漸被金紅烈焰吞噬、化為塵灰，連日來翻騰的痛苦自責隨之慢慢消停，心中也稍微釋懷了些。

翌日，許樂天與同事們在信義區的客戶端工作。

一整天下來，軟體產品首頁的按鈕，客戶的要求從三顆變五顆，從五顆加到八顆，從八顆又刪到兩顆，講到後來，客戶幾個單位之間自己吵了起來，決定先暫時不提。再來是色調。原本從粉藍色改成土豪金，從土豪金改成大紅色，又從大紅色改成太空灰。

許樂天就不明白了，怎麼每次專案都已經開始了，RFP和Spec（註2）也老早就已經訂好了，客戶還老是改來改去。

儘管工程師抗議連連，還是一點用也沒有。業務Bill根本就指望不上，簽約之後就全丟給專案經理Penny，而Penny下午五點半就扔下許樂天他們跑了。

許樂天當時還暗自慶幸，還有另一個工程師和美術設計陪他。他最害怕單獨在客戶端被不同單位團團包圍了。

然而，到九點多的時候，客戶的要求一直變，改到很不高興的美術設計也哭哭啼啼地跑走了。再過半小時，另一個工程師也藉口尿遁離開。等到許樂天發現的時候，為時已晚。最後只剩下他一人獨自在客戶的需求砲轟下，努力改寫UI介面。

深夜十一點多，客戶仍舊意見一堆、猶豫不決，部門間又毫無共識。許樂天趁辦公室內的人離座時，立即抓準時機、落荒而逃。

他實在不想和這間公司的員工一樣，加班到錯過末班捷運。

越夜越美麗的台北信義區，摩天商辦高樓、新穎百貨林立，城市的光影在店家與人潮之間躍動，處處充滿著紙醉金迷的奢華。

註2：RFP是「需求建議書」，Spec則是「規格書」，兩者皆是軟體設計專案管理中常見的文件。

這裡曾是台北市夜店、酒吧一級戰區，因疫情關係而一家家倒閉。儘管如此，市政府一帶的餐廳、餐酒館、居酒屋仍舊高朋滿座；電影院附近人潮眾多，熱鬧非凡。

許樂天過馬路來到裝潢現代而晶透的寒舍艾美旅店，沿著松仁路一路往北，邊走邊回想昨晚發生的事。

他昨晚在家裡廚房煮飯時，忽然靈機一動，嘗試用自己的電來控制家裡電器。

原本他還得意洋洋地對絨絨說：「什麼用愛發電啊，我自己就能發電。以後我們家都不用再付電費了。」接著又異想天開，「如果研究下去，是不是可以得諾貝爾物理學獎啊？」但他一個激動，沒控制好，把家裡的電器全燒壞了。更糟的是，法力又再次消失不見。

似乎只要他把法力用在不是救人、除惡的正途上，法力就會馬上被沒收。

想到這，他不禁嘆了一口氣。

當他走到復古又典雅、宛如歐洲的博物館的 BELLAVITA 百貨時，腳步開始加快。畢竟他等會上捷運之後，還要再在南港展覽館站轉乘文湖線，得跟末班捷運賽跑才行。

他走到 BELLAVITA 後方時，看到前方有一對情侶正佇足在一家高級餐廳前，討論要哪一天來用餐。

勾著女人肩膀的男人穿著黑色緊身皮褲，深藍色夾克外套，雖然頭小得與魁梧厚實的身材不太成比例，但側臉看起來竟神似知名電影明星休・傑克曼。

等到許樂天經過的時候，也好奇地停下來看看這家餐廳。雖然已經打烊，仍看得出裝潢精緻華麗。

他用手機Google了一下，開始思考它不知道餐點好不好吃。要是好吃的話，情人節就帶絨絨來吃這家？不過現在預訂，還有位子嗎？

「啊——」

刺耳的尖叫聲忽然從他背後的小公園傳來，嚇得他手一抖，手機差點飛出去。

「鬼啊！」一個女人拔腿朝他奔來。

「啊！」許樂天也跟著驚愕地叫出聲，連忙閃開，接著一想：嗯？她不是剛才和男友一起在看這家餐廳的人嗎？

「有鬼啊！」女人臉色慘白、神情驚恐地邊叫邊往統一時代百貨的方向跑去。

許樂天轉頭看向她跑出的小公園，只見一個男人雙手按著臉頰兩側，扭了扭頭，也跟著她的腳步緩緩走出公園。

男人走到路燈附近時，許樂天從他的穿著認出他是女人的男伴。但是當許樂天看清男人的臉時，當場嚇了一大跳，手機還是滑出他的手心、落了地。

許樂天瞠目結舌地盯著那張長得超像金城武的臉，叫出聲：「金城武！」

這可是號稱統一全台灣男女審美的頂級神顏啊。

男人皺眉抿嘴，搖頭嘆息。當他與許樂天四目相交時，露出一個憂鬱卻迷人的苦笑，頓時讓許樂天有種性向快被掰彎的感覺。「很像吧。」男人指了指自己的臉說，「你都看到了吧。剛才的臉和現在的臉。」

「對。你怎麼有辦法變臉變得這麼成功。」許樂天驚嘆。

「唉，說來話長……」男人看起來很哀傷，「你也要搭捷運嗎？我們邊走邊說吧。」

許樂天撿起手機，與男人一同穿過旁邊的微風信義百貨一樓廊道，走進捷運市政府站。兩人不約而同都是要往內湖的方向搭，於是他們就在月台上聊了起來。

「我姓許。請問你要怎麼稱呼啊？」許樂天客氣地問。

「我不像你們人類，出生就取名字。你就叫我豬哥吧。」

「豬哥」這稱呼與男人俊帥的臉實在不搭，許樂天腦海裡優先浮現某位西瓜皮髮型的資深男藝人。

「豬哥？所以你是……豬妖嗎？」許樂天猜測。

男人點點頭，向他娓娓道來，他才知道，原來豬哥是被櫻子施美人計騙去法力、逃到信義區的苦主——豬哥精，北投豬哥石的化身。

說到這，捷運正好駛進南港展覽館站，於是他們一同下車轉乘文湖線。

「喔喔，」許樂天邊聽邊點頭，可是理智並沒有因為這段離奇的來龍去脈而離他遠去。他又問豬哥，「不過，你講的這些，跟變臉有什麼關係啊？」

「當然有關係啊。為了尋找真愛，我學做面具學了好久。」

在被櫻子騙去大部分的法力之前，豬哥修煉有成，得以人形示人。開始與人接觸來往後，便愛上了女子的樣貌。從此本末倒置，認為自己本來就是人類的靈魂，只是寄生在石頭裡。

然而，失去大部分的法力後，豬哥修為便退回妖道初階「洞燭」，因此無法變成完整的人形。

雖然特種行業總會膜拜他，但是從來沒有女人真心愛過他。他卻一心嚮往愛情、想與美女共結連理，於是用妖法製作帥哥面具遮豬頭，藉以吸引美人、與其談戀愛。

說到這，豬哥忽然放低音量問許樂天：「我口袋裡還裝著好幾張面具。你要不要戴戴看？」

「呃……不用了，我帥得剛剛好。」許樂天婉拒，接著又心生一疑，「你剛才是不是在你女友面前換臉啊？不然她為什麼嚇到跑掉？」

豬哥帥氣的臉再度蒙上濃濃的落寞，他低頭說：「對啊，她超過分的。明明就是她自己先問我，為什麼我可以長得這麼帥。我只是想跟她坦白，才把面具拿掉。誰知道她一看到就嚇得鬼吼鬼叫，馬上就跑了……」

「不鬼叫才不是人吧。」許樂天忍不住替他女友說話，「那你沒事幹嘛把面具拿掉啊？一直戴著不就好了？」

「可以接受我的真面目，才是真愛啊。我追求的，就是一場轟轟烈烈的真愛！」豬哥握拳昂首，熱血沸騰地說。

「多轟轟烈烈啊？」

「要多真有多真，要多愛有多愛！就算千萬人阻擋，也至死方休！」

「可是人獸戀是不是有點……不太好？」完全忘記他自己也愛絨絨愛得要命。

第十章 轉變

「你懂什麼！」豬哥怒視許樂天，「真正的愛，哪會管對方是生是死、是人是妖。像是什麼……白蛇傳、田螺姑娘、聊齋的倩女幽魂、畫皮，那些不都是人鬼、人妖戀嗎？」

「那些不都是人們想像的嗎？」許樂天狐疑地說。

「那『蛇郎君』你怎麼解釋！」

許樂天想到傅葳，點頭說：「喔，這倒是。」但他總覺得哪裡怪怪的。

他們搭上往文湖線月台的手扶梯後，許樂天想了想，又說：「可是，我覺得啊，那個視覺、聽覺和觸感很重要。牽手、擁抱的時候，那些妖啊、鬼啊都是女神臉、女神身材啊。誰會想要跟一副發臭流湯的骨架談情說愛。」

「我又沒要她有戀屍癖。」豬哥連忙澄清，「只要能接受我的豬頭就好。」

說到這，豬哥趁四下無人，背對監視器，由下往上地掀起一半的人皮面具，底下的豬頭立即彈了出來，看起來居然比面具還大。

許樂天為之一震：到底是怎麼戴上去的啊！

豬哥戳了戳自己的豬鼻，「你不覺得，看久了還挺優雅的嗎？」

許樂天很認真地端詳了片刻……還是不覺得。但出於禮貌，他點了點頭，佯裝誠懇地說：「確實確實。」

豬哥嘴角露出心滿意足的微笑，豬鼻扭了扭，與上半部帥氣又炯炯有神的金城武眉目極不搭嘎，整體看起來有種衝突的喜感。

他將面具戴回去，拍拍許樂天的肩膀說：「難得遇到伯樂，以後你就是我兄弟了。有什麼麻煩，儘管告訴我。」

他們上到文湖線月台後，豬哥忽然說：「喔對了，需要我幫你加持一下桃花運嗎？」

許樂天連忙拒絕：「不用不用不用，我已經有女朋友了。老實說，我女友就是狐狸精。」

「狐狸精啊？東青丘的？」

許樂天點點頭，豬哥精說：「看不出來啊。東青丘那幫傢伙眼光可是很高的。」

許樂天一想到絨絨，便想起轉生一事，於是問豬哥：「你有沒有聽過可以用來轉生的寶物或舍利子？」

「轉生法寶嘛，我只知道驚雷珠，但是那要歷雷劫的，太可怕了，還是不要試得好。那個舍利子啊，聽說——善導寺裡就供奉著玄奘的舍利子(註1)。」

許樂天震驚地說：「玄奘！是唐三藏的那個玄奘嗎？真的假的啊？」

「你也太孤陋寡聞了吧。當然是真的啊。它本來供奉在日月潭青龍山的玄奘寺，但聽說最近一個月被移到善導寺。不過，我聽說啊，高僧的舍利子都有靈性，不是每個人都能看得見的。像我之前還特別跑到玄奘寺，結果也是沒找到。」

許樂天一聽聞這個好消息，馬上打給絨絨。等他一講完電話，捷運就進站了。

兩人一起踏進捷運車廂時，豬哥又回到剛才的戀愛話題。他感慨地說：「要是所有女生都跟你一樣這麼有美感、懂得欣賞我的豬頭就好了。」

許樂天見他如此煩惱，便由衷建議：「要不然……你考慮一下母豬？」

「喂！」豬哥臉色一變，怒瞪許樂天一眼，「你到底有沒有在聽我說話？難道剛才一番促膝長談，你還感覺不到，我雖然外表是隻豬，裡頭卻是住著一位善良純潔、對愛情有憧憬與原則的男人嗎？母豬是絕對不可能的！」

「喔，這麼堅持啊……」許樂天有些無奈地說，「要不然，你考慮一下男人？」

「才不要。」豬哥嫌惡地擺擺手。

註1：影劇作品多稱玄奘法師為「唐三藏」，實為一大謬誤。其實古籍中的「唐」指的是朝代，「三藏」指的是精通佛教「經、律、論」三大經典類別的法師，並非人名。玄奘法師確有其人。其頂骨舍利之一曾先後被供奉於台北善導寺（1955~1956）和日月潭畔的玄光寺（1956~1965）。一九六五年後，移供於日月潭青龍山的玄奘寺。

許樂天看他反應很大，便說：「幹嘛，你恐同喔。」

「許先生，請你自重，」豬哥臉色嚴肅地對許樂天說，「雖然毛遂自薦的勇氣值得鼓勵，不過我實在沒辦法接受你，更何況你都已經有女朋友了。為了避免你越陷越深，我還是先下車吧。」

許樂天錯愕地張大了嘴，一時說不出話，只能愣愣地目送豬哥在南港軟體園區站下車。

幾秒後，他才終於找回自己的聲音：「有病吧……」

許樂天與面具豬哥搭捷運離開信義區的半小時後，南方數條街外，一輛銀灰色保時捷敞篷跑車一路在信義路上狂飆，經過台北101、信義廣場後，一個甩尾左轉松仁路。

車上播著夜店、派對常放的電音嗨歌，駕駛座上的岳鐸一手高舉酒瓶，一手操控方向盤，身旁與身後坐著三個穿著性感、狐妖化身的美女，她們一邊喝酒，一邊隨音樂舞動妖嬈的身軀。

松仁路上，外觀猶如水晶酒瓶般的高樓大廈臨立，除了自身光亮，也反射著路面的燈光，將整條路映襯得五顏六色、絢麗如虹。跑車高速呼嘯而過南山廣場、信義A13、寒舍艾美後，再度猛然從外車道左轉松高路。

就在跑車經過BELLAVITA的剎那，周圍的時間突然被按下暫停鍵；斑馬線的行人倒數計時器和商家的跑馬燈都停止、正在表演的街頭藝人與過往行人也全都定格。車上的人還未發覺四周異樣，道路前方便突然憑空出現一道白色人影。岳鐸和副駕駛座的美女都大吃一驚，岳鐸還來不及踩煞車，車子便整輛撞了上去！

車尾因猛烈撞擊整個翹了起來，車上的人全都飛出車外，重重仆倒在馬路上。

本來就喝得醉醺醺的岳鐸，這一摔更是眼冒金星，回過神來正要罵人，赫然看見車頭彷彿撞上電線杆般凹成U字型、不停冒煙。而方才突然出現的人，正是威震全島的東青丘將軍、他的老師——邱灩。

他錯愕地一時說不出話。一身白色西裝的邱灩，冷冷看向其他三個狐妖，「滾。」

狐妖們嚇得魂不附體，立即撿起高跟鞋、手提包，互相攙扶著走上人行道、快步離去。

邱灩走向岳鐸時，他終於找回自己的聲音，一邊站起身一邊指著她的鼻子罵：「妳搞什麼東西啊！幹嘛在路上亂嚇人？不要以為妳是將軍又是我老師，就可以為所欲為。」

邱灩面無表情地說：「只不過被女人拒絕就整天沉迷聲色場所，現在你愛去的夜店因為疫情全倒了，就開始在街頭作亂。東青丘的臉都被你給丟光了。」

岳鐸面紅耳赤，「放肆！妳怎麼可以這樣對我說話！竟然還稱我：『你』！」

「放肆的人是你！」邱灩雙手握拳，火上心頭，「『殿下』兩個字，你擔當得起嗎？你配做為東青丘的皇室嗎？我已經忍你很久了。」

「我才忍妳很久了咧！」岳鐸惱怒地一拳擊向她，她也出拳迎擊，將他的魂魄一舉打穿後方BELLAVITA的櫥窗，落進昏暗無光的一樓廣場。

岳鐸這麼一摔，徹底清醒了。他一爬起身，便發現周圍有數把短叉造型的寒冰懸在空中，叉尖對準著他。

邱灩穿過百貨公司的牆，邊走向他邊說：「身為皇室，你一出生就是人，還有仙格，享有最好的資質和資源。整個東青丘傾全國之力助你修行，你卻直到現在還是人、還在『悉罪階』？活到現在，還沒有半分身為皇室的自覺，更沒有擔負半點重任。現在又為了小情小愛，就患得患失、喝得爛醉如泥……」

她正要再出手教訓他，腳下地面突然劇烈一震，周圍擺設裝飾、櫥窗內展示品全倒成一片狼藉。

邱灩身子一晃，邱壇忽然出現在岳鐸前，以身護住岳鐸。

「夠了，別再打了。」邱壇怒目而視，「就算現在殿下是小孩子，也輪不到將軍出手管教。」

岳鐸怕邱灩在氣頭上，連邱壇一起打，連忙將他推開，「走開，這裡沒你說話的份。還不快走。」

果然，邱灩雙拳一出，同時將岳鐸和邱壇給擊飛，雙雙落在噴泉另一頭。

邱灩一個閃身上前，繼續罵岳鐸：「你這個樣子有什麼資格繼承大統，簡直就是皇室之恥、狐族之恥！」

岳鐸撐起身體，不服氣地說：「我怎樣？就算我過得再糜爛一百倍，不是還有首相在？」

邱壇抓住岳鐸的臂膀，「別再說了。」

「我說錯什麼了啊？反正有首相在，我們皇室不過只是象徵而已，要擔什麼責任？」

「這點難道你還不清楚嗎？」邱灩說，「首相現在在『反璞階』，已經逆長回國中生的樣子，很快就會歸真，最近幾年都無為而治。在出現合適的新首相人選前，政事遲早會回到皇室手裡。」

邱壇這才明白邱灩的一番苦心。但他仍為岳鐸緩頰：「再給殿下一些時間，他一定可以肩負起重責大任的。」

「我已經等得夠久了！而他連一個小小的新北投站都顧不好。就是因為這樣，那個許樂天才會覺醒！」

岳鐸仍不解邱灩的擔憂，不滿地說：「我又不是故意的。就算他覺醒又怎麼樣？」

但邱壇明白事情的嚴重性與邱灩的心情，他替邱灩進一步補充：「東青丘之所以長期維護人間安定，除了揚善止惡，也是要避免人覺醒。如果這個島上人人都覺醒，哪還有我們東青丘一席之地。」

「這些都是杞人憂天啦。」被連連打了好幾拳的岳鐸氣得胡亂揮手，「才一個人而已，有什麼好怕的！」

「你還不懂？」邱灩一把將岳鐸抓起，又給他一拳，令他頓時飛落進噴泉池裡。

她對他大吼：「金字塔的頂端本來就是少數，永遠都只能是少數！許樂天最近再次覺醒，實力已經超過我了，你知道嗎？他的真身不是仙，而是神！要是完全覺醒，首相都打不過他，你知道嗎？我和首相都不可能永遠守著東青丘，你知道嗎？」

渾身濕透的岳鐸聽見許樂天的名字，感到一陣刺骨寒意，終於醒悟。

他直勾勾地盯著邱灩不語。

過了一會，他才緩緩開口：「我知道了。」

他慢慢地站起，走出噴泉池，直視邱灩，眼神不再是過去的輕佻無謂，變得炯炯有神。

「從今以後，我會認真修行，學習擔起皇室的重任。」

邱壇脫下自己的駝色大衣，為他披上。

邱灩見岳鐸終於願意清醒，眼眶一紅，感到有些欣慰。她說：「殿下是東青丘的王子，要時時刻刻記住：保護東青丘、維護東青丘的利益，是殿下不可推卸的義務和責任。」

岳鐸站在邱灩面前，神情嚴肅地點頭，直視著她說：「我不會再讓你們失望了。」

第九章 面具豬哥

第十章 轉變

第十一章 倀鬼

第十二章 老和尚

第十三章 黑影

一早，許樂天又和專案經理Penny和另一個工程師，一起去台北車站附近的客戶端開會、寫程式。

到了午休時間，小小的會議室裡只剩兩個工程師。

許樂天寫程式寫到一個段落，闔上筆電後，便拿下眼鏡，轉身看向窗外，讓眼睛放鬆。另一個工程師在座位上，邊伸懶腰邊對許樂天說：「終於快結束了。這禮拜應該就可以驗收了吧？」

許樂天聳聳肩，「如果客戶沒有要臨時改需求的話。」

此時Penny打開會議室門，探頭進來說：「走吧。請你們吃午餐。」

許樂天看了一眼上次慶功宴失態的同事，又想起Penny對自己有意思，便婉拒了：「你們去吧。我和女朋友約在附近吃飯。」

另一個工程師眼睛一亮，從座位上跳起來，似乎因有機會與Penny獨處而興奮。

Penny一臉狐疑，慢慢走向許樂天說：「你不是恐女嗎？而且你什麼時候交了女朋友，怎麼大家都不知道？」

許樂天感到一股壓迫感，趕快戴回眼鏡，雙手胡亂將筆電塞進背包，但表情故作深沉、口氣冷漠：「我的私事不需要向你們交代。還有，我的確是恐女沒錯。但是，我女友是唯一的例外，我只對她有感覺。」他斜睨Penny一眼，「其他人我連碰都不想碰。」

會議室走道狹窄，他單手提起背包、隔在他與Penny之間擠過去後，便直接推門離開，留下錯愕的Penny和工程師站在原地。

許樂天直到走出商業大樓後，才終於鬆了口氣。他想到了絨絨，便喃喃地說：「不知道她現在醒了沒？」

絨絨昨晚得知善導寺就可能有舍利子，急性子的她便想馬上衝去善導寺。被他說服後，才決定改在周末再去，便像個隔天要畢業旅行的小學生，整晚亢奮地睡不著，直到天亮才沉沉睡去。

他打給她，但她沒接。於是他點開另一個自己寫的程式，察看絨絨所在位置。好險他這麼做了。因為絨絨的位置不但不在家裡，還正以極快的速度沿文湖線移動。他心想：她該不會是要瞞著我，偷偷搭捷運去善導寺吧？

這麼一想，他也顧不得尷尬，邊打給Penny和主管請假，邊往捷運站跑去。善導寺只離台北車站一站而已，他決定現在就去善導寺守株待兔。

在板南線月台等捷運的時候，他又再次打給絨絨。

這次絨絨接了。得知自己的小心思被許樂天發現，她感到非常尷尬，只好向許樂天解釋，如果真能找到舍利子，為了麗麗，她無論如何都要將它得到手。但是珍貴的舍利子一定被嚴加看管，她如果求不到，擔心自己硬搶時會傷到許樂天，所以才瞞著他、偷偷前往。

許樂天說：「不管怎麼樣，我都要陪妳去。我馬上就要到善導寺了，待會六號出口見。」

捷運轉眼就抵達善導寺站。許樂天一出站，就看到一個提著手提袋，身穿粉色蕾絲洋裝，氣質甜美又帶有一絲嬌媚的年輕女人。儘管她戴著口罩，他還是一眼就認了出來。

他初時有些錯愕，心想：絨絨怎麼比我快到？

接著他又想起她會瞬移術，便沒再多想，只是上前說：「妳到了。肚子餓不餓？要不要先吃午餐？」

「好啊。」

許樂天原本是想就近吃對面的阜杭豆漿，但他轉身看對面的店已經打烊了，便東張西望，一下子不知道要吃什麼。

正當他打算提議吃斜對面的麥當勞時，絨絨忽然開口：「走吧。」說完便轉身往旁邊的巷子走去，似乎是要帶路。

許樂天問：「妳要帶路？妳對這邊熟嗎？我們要去吃哪一家啊？」

「跟我走就對了。」絨絨回眸一笑。

他被她彎月般的雙眼一電，頓時怦然心動，口罩下的臉都紅了，也傻笑起來，跟著她走。

她帶著他左彎右拐時，突然看向他脖子上的護身項鍊，「那個……」

許樂天心中閃過一絲怪異，總覺得絨絨說話向來直率，很少欲言又止，便問她：「怎麼了？」

她看起來很好奇地說：「能不能借我看一下？」

他心想絨絨講話怎麼這麼客氣？但還是說：「當然可以啊。」

他將項鍊摘下來，遞給她的時候，她一個不小心沒接好，項鍊就這麼擦過她的指間直直掉下去，好死不死落進一坨狗屎裡。

「啊！」許樂天叫了一聲。

因為體質特殊的關係，他非常依賴護身項鍊，除了洗澡以外，幾乎從不離身。可是現在要他徒手去拿，又實在沒有那個勇氣，當下真不知道該如何是好。

「對不起對不起，都是我不好。」絨絨頻頻道歉，從手提袋裡取出衛生紙和塑膠袋，直接彎腰撿起項鍊，將它裝進塑膠袋裡給他。

「沒關係，妳又不是故意的。」

他邊回話邊想：絨絨說話的語氣好奇怪。她什麼時候買這件衣服和手提袋的？還是，這些都是幻術？

這種異樣感越來越強烈，強烈到他無法忽視。

他環顧四周，發現她把他帶進一條無人死巷，或者該說是防火巷。別說是餐廳了，連住家都沒有，便疑惑地問：「為什麼帶我來這裡？這是死巷耶。」

他轉頭看向絨絨，眼前卻湊上一張半腐化的臉！

「啊！」他大叫一聲，後退好幾步。

「就是要你死啊……」絨絨的臉突然變得血肉模糊，完全無法辨認五官。

「啊——」他嚇得大叫，「鬼啊！」這時才終於意識到對方不是絨絨。

他轉身就要跑，卻看到巷口出現一位身穿緊身暗紅洋裝、身材火辣、波浪長髮披肩的女人。

雖然背著光，看不清楚面貌，但四方景象的既視感太重，他馬上就想起她是誰。

「虎姑婆！」許樂天失聲叫道，「怎麼又是妳啊？這裡又不是東區！」

「所以呢？不是東區，我就不能來嗎？」她邊說邊緩緩向他走來。

「妳……妳不要過來！」許樂天連忙抬起塑膠袋，害怕地不停往後退，「我有護身符。」

虎姑婆冷嗤一聲，又說：「符一旦沾了穢物就會失效，這你都不知道嗎？」她轉頭朝巷底的方向說，「不錯嘛，這麼快就找到替死鬼，看來你今晚就可以投胎了。」

「替替替死鬼……」許樂天嚇到牙齒都在打顫。

他回頭一看，身後的女人變成一個身材高他半個頭、衣服被撕扯成破爛碎布的男鬼，頂著那張剛才差點把他嚇昏的爛臉。

男鬼的脖子一整塊肉都沒了，露出裡面白森森的頸骨，軀幹整片都凹陷進去、被挖出好幾個窟窿，肋骨幾乎每根都斷掉，渾身散發陣陣寒氣。

許樂天從來沒想過，男鬼也可以看起來這麼幽怨、這麼嚇人。

男鬼頭向後仰，肩膀一邊垮下來，拖著雙腳，慢慢往許樂天走來。

他聞到男鬼身上那股濃重的腐敗氣味，都快吐了，覺得他比虎姑婆還可怕幾百倍，趕緊又往後退好幾步。

「你不要過來！你到底是誰？為什麼要幫虎姑婆害人啊？」許樂天捏著鼻子對男鬼說。

「沒聽過『為虎作倀』嗎？」虎姑婆得意地對許樂天說。

只要是被虎姑婆吃掉的人，就會變成「倀鬼（註1）」。為了能早日投胎，倀鬼會四處物色替死鬼，利用幻象引活人到虎姑婆跟前給她吃。

「不會吧。」許樂天這才明白自己中計了。他低頭看了一眼塑膠袋，又抬頭對男鬼說，「你不只變成絨絨的樣子、把我引到死巷裡，還故意弄髒我的護身符。」

倀鬼將後仰的頭甩到右邊，默不吭聲地盯著許樂天，眼神中盡是惡毒。

「活該你倒楣，又落到我手裡。」虎姑婆冷笑一聲，「我不吃你都不好意思。」

虎姑婆與倀鬼不懷好意地緩緩向許樂天靠近，他根本無處可逃，只能無助地往一旁的牆壁靠去，害怕到腿軟，心裡想著：完了，被前後夾擊，今天真的在劫難逃了。絨絨！

他忽然歇斯底里地揮舞雙手，又拿背包亂甩，「不要吃我！我還有好多話沒跟絨絨說。我還沒跟她求婚。我死了，誰來照顧她？她那麼挑食，我死了，誰煮飯給她吃？妳不能吃我！」

註1：傳說被老虎吃掉的人會變成倀鬼，幫助老虎作惡。最早載於《傳奇》之《馬拯》篇，由唐朝知名小說家裴鉶所著。宋朝《太平廣記》和明朝《玡瓆筆記》中，都曾提及倀鬼。

第十二章 老和尚

「許先生啊！」一位長相極為帥氣、神似明星的男人忽然撞開了虎姑婆，衝進巷子裡，「我叫你，你怎麼都不理我？」

「彭于晏！」許樂天吃驚一叫。

「不是啦，是我豬哥啦。」他將面具撕下，露出憨厚又有些害羞的笑容。

豬哥昨晚在捷運上拒絕了許樂天後，便感到有些過意不去，想再安慰他幾句。偏偏當時下車下得匆忙，沒和許樂天互留聯繫方式，便想說過來善導寺，看看有沒有機會再遇到許樂天。方才他在路上真的看到了許樂天，便一路跟過來。

豬哥忽然豬鼻一抖，面色一凜，眼神銳利地看向虎姑婆，「有妖氣！妳不是人。」又看向倀鬼說，「這個不用聞也知道不是人。」

許樂天像是見到汪洋中的浮木，急忙高聲喊著：「豬哥啊，快救我。」

「這豬鼻……」虎姑婆睜大眼睛，繞著豬哥上下打量一圈，突然直視豬哥的雙眼，含情脈脈地說，「太性感了。我喜歡。」

「啊？」豬哥身子一抖，非常受寵若驚，「妳是說豬鼻嗎？是在說我的豬鼻喜歡妳，呃不，是在說妳的豬鼻喜歡我，呃不，我是說我——」

「你，」虎姑婆打斷豬哥的話，指著他說，「待會跟我回家。」

「我？」豬哥張大眼睛，指著自己，不可思議地說。

「不要就算了。」虎姑婆甩頭，轉身就要對許樂天出手。

「啊！」許樂天害怕地雙手遮臉大叫，「別過來！」

「要要要！」豬哥連忙制止虎姑婆，「但是至少先讓我送我兄弟回家吧。」

「真麻煩。」虎姑婆怒瞪許樂天一眼。

「明明就是你們聯合起來把我騙來這邊的耶。」許樂天喊冤。

「我先把你吃了再說！」

「等等！」豬哥架住虎姑婆的雙手，「你們就放過他吧。拜託。他只是愛上我而已，又不是什麼壞人，他是我在這個世界上唯一的朋友。」

「絕對沒有啊！我只愛絨絨！」許樂天連忙澄清。

「閉嘴！送到嘴邊的肉，哪有可能不吃。」虎姑婆凶巴巴地罵。

她美豔的臉蛋開始發生變化，直覺告訴許樂天，她即將要顯現真面目，把他給吃了。意識到這點，他更是嚇得全身發抖。

豬哥奮力一撲，以健壯猛男的身材優勢，將虎姑婆壓倒在地，對許樂天大喊：「快跑啊！」

沒想到，虎姑婆居然一腳就把豬哥給踹開，她正要伸手抓住逃跑的許樂天時，一個慈眉善目、身穿袈裟的老和尚倏地現身。

他動作奇快地一手掐指，一手持紅銅金剛杵，刺向倀鬼，倀鬼當場魂飛魄散。正當他轉身又攻向虎姑婆時，豬哥一個箭步向前、雙臂張開擋在她面前。

老和尚疑惑地問：「你這是？」

豬哥理直氣壯地指責老和尚：「你種族歧視！你亂殺生！」

老和尚和許樂天愕然地嘴巴變成O字，老和尚用詞很復古地說：「休得胡言亂語，老衲何時種族歧視？」

「你見鬼殺鬼、見妖殺妖，還說不是種族歧視。簡直是種族屠殺！」

老和尚摸摸頭頂戒疤，困惑地說：「分明是這虎妖與倀鬼作祟，老衲才出來降妖伏鬼。怎麼就成了種族歧視、種族屠殺了？」

豬哥先是問許樂天：「你吃肉嗎？」

許樂天一臉茫然地點點頭。豬哥指著許樂天，對老和尚說：「人吃肉是本性，妖吃人也是本性。人吃畜生是天經地義，妖吃人就是作祟？」

這番話問得老和尚啞口無言。但若今日不滅虎姑婆，又唯恐她日後繼續食人心肝。正在為難之際，絨絨也趕到了。

絨絨聽完前言後，眼珠轉了一圈便說：「這個簡單，只要虎姑婆答應我一件事，我就教她修行正道。以後她只需要靠日月精華和天地靈氣就能存活，根本不必再吃人心肝。」

虎姑婆半信半疑地說：「真有這種道法？那妳的條件是什麼？」

絨絨一臉嚴肅地警告她：「以後妳不准靠近許樂天，不准打他的注意。他是我的男人。」

喔喔，這個條件好。不愧是絨絨。許樂天一邊心想，一邊與豬哥猛點頭附和絨絨的話。

虎姑婆看出豬哥眼神中的期待，又看著美味的許樂天、猶豫一會，便抿了抿嘴，咬牙說：「好吧。我答應妳。要是妳騙我，」她斜眼看向許樂天，「就不要怪我吃相難看了。」

「一言為定。」絨絨說完便朝虎姑婆和豬哥揮手，要他們離開。

虎姑婆原本不願意，怕絨絨騙完她就跑。豬哥和許樂天互相交換連絡方式，並且再三向虎姑婆保證，虎姑婆才勉強答應，與豬哥一起離開。

「善哉善哉。」老和尚點點頭，似乎對這個結果很滿意。他走向絨絨，「老衲知道妳所為何來？」

絨絨生性多疑，本就不太相信老和尚的話。她美目打量他一眼，狐疑地說：「你又知道囉？那你說說看。」

「老衲的舍利子可以救妳的主人，也可以助妳從妖魂轉到人魂。」

絨絨驚訝地問：「你怎麼會知道？難道你是……」

老和尚點點頭，和藹地笑道：「老衲正是玄奘，現在已經是羅漢了，所以能知曉世間因果。這次回到娑婆世界，就是為了救濟世人、普渡眾生。」

絨絨心想：普渡眾生？說得好聽。你剛才不是才滅了倀鬼，又要殺虎姑婆嗎？一點佛家人的慈悲心都沒有。不過，既然他說得出我的煩惱，應該還是有點本事的。先聽聽看他怎麼說好了。

因此絨絨不動聲色，佯裝驚喜地說：「原來你就是玄奘，久仰久仰。」

老和尚一臉惋惜地說：「可惜啊，滄海桑田，現在台灣只剩這一顆真正的舍利子，其他都是僧侶的腎結石，所以只有一人能用。」

絨絨聽他並無惡意，便有些相信他的話。比起自身的夢想和心願，麗麗的安危對絨絨來說更為重要，因此她沒什麼考慮便說：「那自然是要救麗麗的。」

老和尚點點頭，「捨己救人，很好。」又對絨絨和許樂天說，「兩位隨老衲來。」

絨絨和許樂天不過一眨眼，三人便已來到善導寺正門前。

善導寺原名「淨土宗台北別院」，因淨土宗「善導大師」而得名。是日治時期，日本佛教淨土宗於台灣設立的佛寺，也是目前全台規模最大的淨土宗信仰中心，更是台北市最大的佛寺。

由於寺裡有供奉骨灰的靈骨塔，因此對於台北本地人而言，一提到善導寺就會聯想到「靈骨塔」。

三人由棕黃相呈的牌樓下方入寺裡時，許樂天心想：不知道舍利子存放在什麼地方。希望不是在靈骨塔裡面。

他可不想再見到鬼。

寺裡共有三棟大樓，分別是深棕色的大雄寶殿大樓、磚紅色的文教大樓和米黃色的慈恩大樓。除了設計較中式的慈恩大樓外，其他兩棟外觀皆現代簡樸，像是一般的辦公大樓，即便出現在大學校園內也毫不違和，一點也不像傳統寺廟那般雕龍畫棟、碧瓦朱甍。

老和尚領著絨絨和許樂天進到慈恩大樓的五樓。

這棟的五、六樓便是佛教歷史藝術館。由於國內博物館的佛教文物較少，善導寺蒐集魏晉至近代的佛教藝術品，並開放民眾免費參觀。

五樓主要展示魏晉六朝至現代的石雕及佛珠。陳列室空間不大，但館藏豐富、走道寬敞。老和尚帶他們往深處走，兩旁的玻璃櫃內展示著一尊尊材質各異的石佛和石菩薩。它們的姿勢豐富多樣；有的是站立，有的是盤坐，有的是側臥……等。

興許是平日下午的時段，這樓展區只有他們，是以三人逛起來暢行無阻。

許樂天細看這些石雕後發現，它們的面貌全都不一樣。有些輪廓、五官柔和，有些深邃立體的像西方人；髮型則有光頭、捲髮和顆粒頭，應是受到各朝各代的審美、風土文化或各地交流的影響。此外，每尊雕像神態也不同，但皆面容莊嚴平靜、栩栩如生。

彎彎繞繞了一會，帶頭的老和尚終於停下腳步。

他們面前的玻璃櫃中，不是石佛，也不是石菩薩，而是一對背對他們、雙膝跪地、身穿古裝的男女石像。

這一對石像旁沒有解說牌，本身也看不出朝代和主題，不知在跪拜哪尊神明。它們彎腰低頭、看不清相貌，各自恭敬地捧著一盞中式古樸的銅燭台，上頭空空如也。

不知為何，絨絨感到這對石像有些詭異，只是她不僅沒感應到妖氣或陰氣，甚至有一度感應到人氣。

但這怎麼可能呢？

她正百思不得其解，老和尚忽然長袖一揮，他們面前那片玻璃消失了，而且兩盞燭台上同時出現被點燃的紅燭，現在正亮起微弱的火光。

精通幻術和火術的絨絨感到奇怪，這火明明是真實的，為什麼沒有熱度？難道是老和尚的修為已超過我，所以能施更高境界的火？

她好奇不已，正要伸手去碰，兩尊男、女雕像的底盤像有機關似的，突然轉一百八十度面對他們。兩盞燭台中央上方憑空冒出一顆黑珠，並懸在空中緩緩轉動。

老和尚對絨絨說：「施主對主人如此忠心，老衲也很想成全。只要這位男施主隨老衲去修行，老衲就將這顆舍利子送給妳。」

「我？」許樂天指著自己，感到十分意外。

「沒錯，你靈魂純淨、根骨奇佳，要是皈依佛門，一定能功德圓滿、超脫輪迴、得菩提正果。」

「也就是說要他出家當和尚囉？那他豈不是不能和我在一起了？」一想到要與許樂天分開，絨絨心中極為抗拒。

「不只如此。為了六根清淨，亦必須捨棄肉身。」

「什麼！」絨絨和許樂天異口同聲叫道。

絨絨擔心許樂天會一頭熱地答應，眼珠轉了一圈，冷不防出手，想要強搶舍利子。

然而，她的手還沒碰到舍利子，下方那對燭火便陡然一閃，周圍頓時一暗。陳列室的電燈和明亮光線全都消失，取而代之的是一根根紅燭之光。

三人四周燭光微弱搖曳，不時煙霧瀰漫，變得邪氣森森。

第十三章 黑影

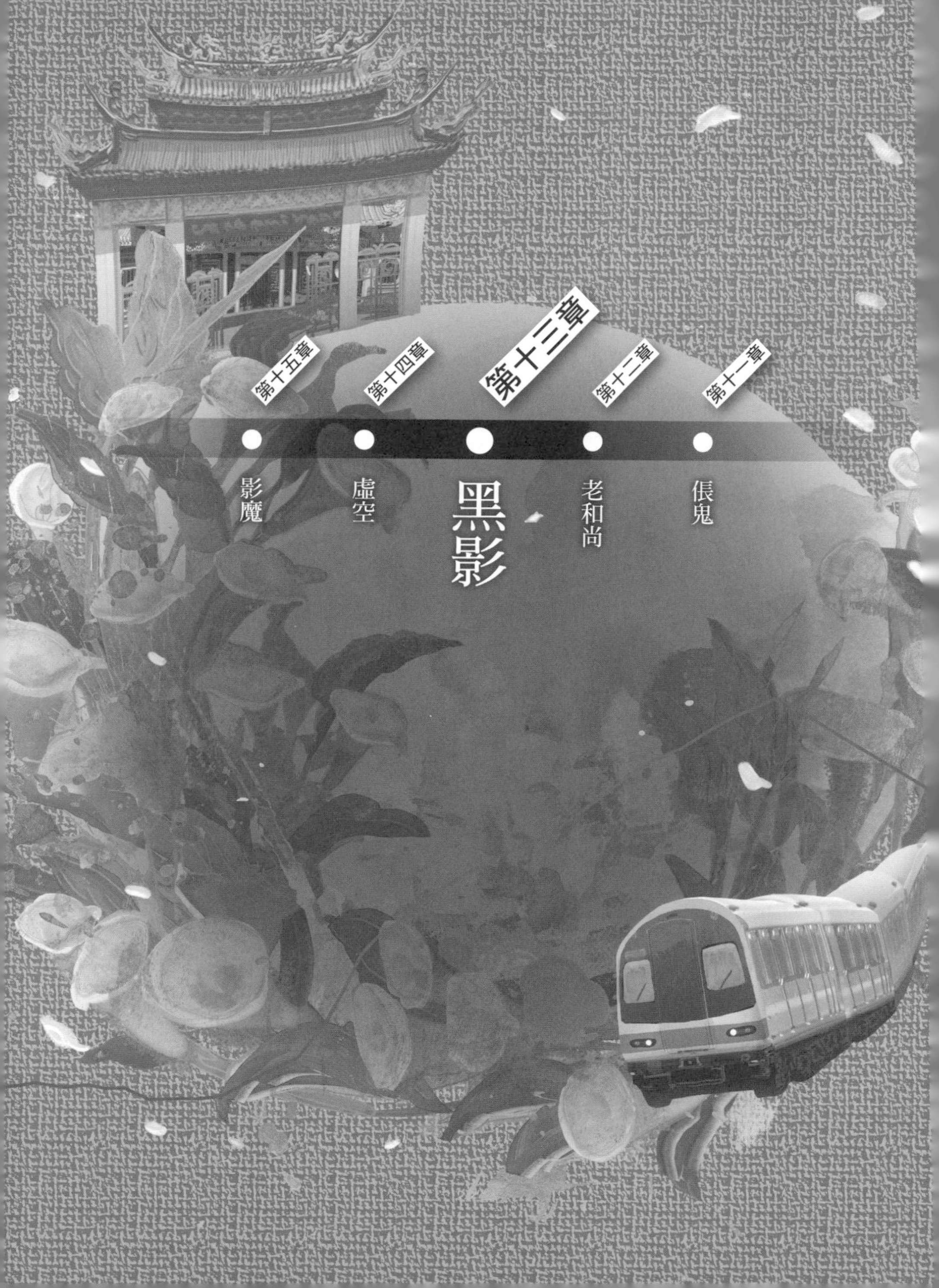

館內的石雕竟然全都消失了。

或者應該說，它們的實體都被相同輪廓的黑影給取代了。縷縷霧氣如薄雲般不時飄過燭光，四周景物變得若隱若現。絨絨手一揮，數顆火球升起，周圍登時一亮。

老和尚訝異地說：「火術！老衲只知妳是半人半妖，沒想到妳還是火術士。」

話音方落，周遭身姿如佛、如菩薩的黑影全都突然動了起來，紛紛朝火球撲去，彷彿厭惡絨絨變出的火光，想將之全然撲滅。

絨絨心思靈巧，一邊操控那些火球迅速閃避黑影，一邊再變出幾顆火球偷襲它們。然而黑影似乎能瞬間感知溫度的變化，即便火球從它們背後忽然出現，它們也能馬上避開。而且它們形如薄霧，散了又聚、聚了又散，絨絨幾番偷襲皆不成功，反而讓它們成功吞噬了火球；火球一被它們吞入腹，便瞬間消散，一點光芒和熱度都不留。

眨眼間火球便已被滅盡，黑影轉向三人，朝他們撲來。

絨絨一手把許樂天拉到身後，一手變出金色火鞭，用三昧真火攻擊黑影。黑影皆以極快的速度散開、重聚，避開火鞭，繼續朝他們飛來。

此時老和尚持金剛杵朝前一刺，高喊：「放光如來！（註1）」

剎那間，老和尚背後出現光芒萬丈的巨大金色法輪，將陰暗的展間照得亮如白晝。數位法相莊嚴、身披彩帶的仙女現身，各持法器攻向黑影，一舉將之殲滅。

許樂天讚嘆地說：「好厲害啊！」

絨絨總感覺其中有詐、此地不宜久留，便說：「我們先離開這再說。」說完便牽起許樂天的手，往門口跑。

老和尚點點頭，也快步跟著他們離開。

絨絨邊跑邊覺得奇怪，儘管館內的石雕全都不見了，但原有的玻璃櫃、展示台都還在。為什麼周圍擺設，甚至連場地都如此完好，完全沒被她剛才的妖火和三昧真火給燒毀？

藝術館只有一個出入口，然而當他們跑回去時，門口卻消失了，取而代之的一道牆。

「咦？」許樂天上前敲了兩下，響起兩聲悶聲，「實牆耶。是幻術嗎？」

絨絨察覺大事不妙，壓低聲音：「不是。至少我察覺不出來。」

許樂天仍不放棄，東張西望地尋找其他出口。

絨絨也同樣掃視四周，不過她找的是陣眼。四周的空間顯然不是原本的藝術館，而是如皓月重城陣般的空間。造陣者本身的法力應十分強大，不然就是造陣者使用強大的法器當陣眼。若是後者，她應該能夠察覺出來。

她看了一圈一無所獲，卻意識到館內的黑影雖然全都消失，但是燭光、薄霧還在。足見施法的人還躲在暗處不肯罷休。

「啊！」老和尚恍然大悟，「這肯定是剛才那個虎姑婆搞的鬼。」他轉向許樂天，「依老衲看，她吃不到施主的心肝，是不會甘心的。」

許樂天說：「你的意思是，虎姑婆打算把我們三個永遠困在這裡？」

老和尚點頭又說：「其實施主的豬妖朋友說得有理，妖吃人也不過是本性使然。依老衲看，施主不如就把肉身捨給虎姑婆吧？」

「什麼！」許樂天驚愕一叫。

「唉，人生在世，不過數十年，一眨眼就沒了。施主為什麼這麼執著肉身、不肯放下

註1：此咒真言源自於《楞嚴咒》，即《首楞嚴咒》和《大佛頂首楞嚴神咒》，是佛教中最長的咒，亦被稱為咒中之王。此咒也是佛教常見超渡咒和除邪咒。

呢？隨老衲去修行、雲遊四海、渡化眾生豈不是更好？」

「可是我……」許樂天看向絨絨。

絨絨看出許樂天已經動搖，隨即起了疑心。首先，虎姑婆不過「湧泉階」，豬哥也才「洞燭階」，若是他們施幻術，絨絨不可能看不出來。而他們幻化出的黑影也不可能滅得掉絨絨「薄雲階」的妖火。

再來，為什麼老和尚不是提議找出陣眼，或是與他們一樣想辦法逃出，而是直接要許樂天捨肉身？他如何斷定虎姑婆就是施法者？

最後，老和尚方才持咒滅黑影時，散發出一股極淡的氣息。若不是因為絨絨曾感知過那股氣息，必然察覺不出來。只不過她一時想不起來那股氣息是什麼。

她對老和尚更加防備，但仍按兵不動說：「我們確實像是被困在法陣裡了。不過沒關係，我們可以先找找看陣眼。」

許樂天想起北投溫泉博物館和地熱谷一戰的情景，點頭同意，「對對對，只要找到陣眼，毀了它或是借用它的力量瞬移，我們就能回到原來的世界了。」

兩人動身走向展覽室的另一頭時，一陣冷風突然掃來，周圍的燭火同時一抖，瞬間全滅。四周漆黑不已，伸手不見五指。絨絨在他們前方一變出火球，滿天形如神佛般的黑影便同時從四面八方撲向他們。

「金蛇沖霄！」

絨絨一施展三昧真火，數隻手臂粗、如金蛇般的火焰便各自張嘴，衝向四面八方的黑影。她餘光瞥見老和尚快速欺近許樂天，連忙將他拉過來，心想：死馬當活馬醫吧。

一施瞬移術，兩人便憑空消失。

許樂天只感覺光線一變，再定睛一看便發現周圍的環境不同了。他似乎被絨絨帶到某個捷運站內，而且是已經關閉的捷運站。裡頭除了光線微弱的逃生出口燈、緊急照明燈、指示燈以外，其他照明都已經熄滅。

四周寂靜無聲，絨絨仍緊緊牽著許樂天的手，眼神警戒地東張西望了一會，手才稍微鬆開。

「暫時安全。」她說。

站內很昏暗，許樂天看不清周圍的標示牌，便問絨絨：「這裡是哪一站啊？善導寺？」

「台北車站。沒想到我們剛才被困在藝術館裡那麼久。捷運站都已經關了。」

「那現在不就已經半夜了？」許樂天聽她這麼一說，再探看周圍，便看出他們是在淡水線大廳。他不解地問她，「為什麼忽然帶我來這裡？糟了，玄奘呢？他還在善導寺裡！」

「我們要甩開的就是他。」絨絨拉著他跑向一旁停止運作的手扶梯，拉開不鏽鋼護欄，再一路往上跑。

「為什麼？」

「因為他想殺你。他正要從你背後偷襲你，剛好被我發現，所以我馬上施瞬移術、帶你離開。」她頓了一下又說，「我懷疑那些黑影都是他變出來的。他想趁我們轉移注意力時，用金剛杵刺死你。」

許樂天一臉驚愕，「不會吧！殺我？為什麼？」

「也許他也想要你的肉身？」

「他要我的肉身做什麼？」

「你真的以為他是高僧玄奘嗎？」

「難道不是嗎？他剛才都已經施展神力了。妳沒看到那個金光閃閃的法輪和飄來飄去的仙女嗎？」

「滿天神佛有什麼了不起。你們學校沒教《金剛經》（註2）嗎？『凡所有相，皆是虛妄。』那些神佛都不過是假象而已，凡人根本看不出來真假。你要是想看，我也能變得出來，法輪還可以做得跟美麗華摩天輪一樣大，閃七彩霓虹燈，一秒轉十圈。」

「法輪就不用了。以後有空的話，我想看鋼彈。」許樂天頓了一下，又問，「那個老和尚到底是誰？」

「誰知道啊，反正沒安好心。」

台北車站是台北捷運中，構造最為複雜的大站。由台鐵、高鐵、捷運淡水線、捷運板南線、機場捷運五鐵共構、共站，四條地下街更是縱橫其中，地下世界四通八達。

兩人從淡水線月台上到穿堂層，走道兩旁各有一排玻璃展示櫃，裡頭的展示品會隨主題不定期更換。這期的主題是袖珍古蹟模型，櫃裡的展示品皆是如巴掌大的台北知名古蹟建築，材質多樣，有木雕、金屬、陶土……等等。

註2：《金剛經》即是《金剛般若波羅蜜經》，是佛教重要經典之一，玄奘法師也曾翻譯過此經。主旨在於教導人放下執著、生清淨心，以成就佛果。

他們朝展示品瞥了一眼後，許樂天問絨絨：「那我們現在要去哪？」

「去龍山寺找月老。」

「月老打得過那個老和尚嗎？」

「他看起來不太會打架，但說不定可以讓我們進寺裡躲躲，或者有方式聯繫上呂洞賓爺爺。」

「那我們為什麼不直接瞬移到龍山寺或龍山寺站？」

「遠啊，瞬移術很耗靈力的。我又沒有法器可以借力使力。」

「法器？」許樂天掏出襯衫口袋裡，震天劍化成的雷射筆，正要遞給她，就感受到她的白眼。

「你想要我魂飛魄散嗎？」

他這才想起絨絨現在還是妖魂，便又一臉尷尬地放回口袋。

「剛才那個空間很奇怪……」絨絨想了一會，又說，「它明顯不是原本的藝術館，而是像皓月重城陣般的空間。剛才我沒找到陣眼，就以為是老和尚單憑本身強大的法力布陣。但理論上，要同一個空間才能施瞬移術，如果是在皓月重城陣裡的話，我是沒辦法在不借助外物的情況下離開的。」

「會不會是因為妳現在是『薄雲階』的關係？」許樂天猜測。

「不是，就算是『破霞階』也不行。而且除了空間奇怪以外，那些黑影也很奇怪。」

絨絨神情迷惘，「它們沒有妖氣也沒有陰氣，到底是什麼啊……」

「嗯，我剛才也感受不到它們的陰氣。」許樂天想到了什麼，「剛才那個空間會不會是『虛數空間』啊？」

「虛數什麼？」

「這要從『虛數』的概念開始說起。虛數就是實數以外的複數。數學、物理和工程學常用『i』做虛數單位——」

絨絨聽得霧煞煞，打斷他：「講我聽得懂的話。」

「呃……那我們暫時稱剛才的空間作『虛空』吧。我只是想說，老和尚可能有能力將『實數空間』，也就是現實空間『延展』出新的空間，也就是虛空。虛空與現實空間處於同一個時空，所以妳才能施瞬移術逃離。如果是這樣的話，說不定那些黑影也是真實石雕的延伸——影子化成的？」

絨絨似懂非懂地說：「那不就跟東青丘一樣？」

「東青丘也是現實空間『延展』出的空間？那也太酷了吧。」

「我也只是聽說而已。聽說『東青丘之境』是皇族引陽明山的龍氣支撐起來的虛空。只要龍氣在，東青丘就永遠都會在。」她馬上回歸正題，「總之，那個老和尚法力高過我，我不知道有沒有辦法保護你。待會要是發生危險，你就繼續往龍山寺或人多的地方跑，我來斷後。」

「我不可能丟下妳。」

「唉，沒能拿到舍利子，還惹來一個大麻煩。」

許樂天一臉歉然，「對不起。要不是我告訴妳善導寺的事，妳也不會和我一起陷入危險。」

「有什麼好道歉的，又不是你的錯。真要說起來，是我害了你。」

他們邊說邊往板南線大廳的方向走。經過一個大型燈箱時，上頭電器廣告中的人臉上仍掛著燦笑，但眼珠都朝他們移動的方向轉去。

第十四章 虛空

兩人正要走上手扶梯時，背後的燈箱忽然閃爍了一下。

他們回頭一看，原本穿堂層兩旁陳列的藝術品，瞬間全都變成了善男信女的石雕。這些石雕姿勢與他們在佛教歷史藝術館內看到的那對一樣，都是低頭跪地、捧著銅製燭台。而且左右兩排石雕正面皆朝向站在走道末端的他們。若不是因為許樂天知道自己在捷運站裡，他會以為自己進入了電影裡的墓道，兩旁的石雕就是引導亡魂前往幽冥的「人形接引燭台」。

許樂天指著石雕，驚疑地說：「這些是……」

絨絨點頭說：「它們和藝術館內的兩尊人形雕像一樣，都有人氣。」

許樂天駭然，「它們該不會都是人吧？被縮小、石化了？」

她怕那些石雕有危險，再次伸手抓住他，不讓他靠近。

就在這個時候，這些善男信女捧著的燭台同時燃起詭譎的、同樣沒有熱度的火焰。絨絨又聞到那股異樣又熟悉的淡淡氣息。這回她終於想起來了。

這氣息與入魔的阿娟好像！原來那老和尚是個「魔」！

無風的情況下，兩排燭火陡然搖曳了起來。

許樂天驚覺不妙，拉著絨絨的手說：「快跑。」

「來不及了。他來了。」絨絨牽著許樂天的手一緊，另一隻手變出火鞭以待。

果然下一秒，老和尚便出現在他們面前，氣喘吁吁地說：「總算找到你們了。施主別怕。」他挺胸，以金剛杵指著絨絨，中氣十足地喝道，「大膽妖孽，還不放開這位施主！」

絨絨怒道：「你竟然罵我妖孽！」

老和尚對許樂天說：「施主，不管這隻狐妖對你說了什麼，你都千萬不要相信。你仔細想想，剛才在藝術館裡，為什麼她的妖火不但傷不了那些黑影，還反而會被黑影吞噬？她的道行那麼高，妖火一定也很強。老衲從未見過這種怪事，原本也想不通。直到她施瞬移術、將你帶走，老衲才恍然大悟。那些黑影都是這狐妖變出來的！她想攻擊的人不是你，而是老衲。」

許樂天急忙反駁：「不可能！絨絨和你無冤無仇，怎麼可能攻擊你？」

老和尚又說：「狐妖一類最喜歡吸食精氣，她待在你身邊，只是想獨佔你、慢慢享用。剛才她肯定是怕老衲說服你一同去修行、破壞她的陰謀詭計，所以才趕快把你帶走。她肯定也說了不少老衲的壞話吧？她這是在挑撥離間，你千萬不要相信她！」

絨絨更火大了，罵老和尚：「臭老頭，你惡人先告狀！你才挑撥離間哩！」

從遇到倀鬼至今，老和尚的表現和反應就隱隱透露著怪異，就連心思單純的許樂天也察覺出來，直接說：「我怎麼覺得是你說詞反覆、行為矛盾？而且絨絨是絕對不會傷害我的。」

「哎呀，施主你已經被妖迷了心竅。但這不能怪你，狐妖最擅魅惑人心。等到你精盡人亡，她就會馬上再去找新的獵物，一滴眼淚都不會為你掉的。你醒醒吧！」

許樂天和絨絨過去患難與共、歷經生死，彼此心意相通之下，情誼也極為堅定，豈是老和尚三言兩語就可挑撥。

況且許樂天深愛絨絨，以前就已經自獻精氣給她。是以，他理所當然地說：「只要絨絨想，就算是被吸光精氣，我也心甘情願。」

老和尚又大嘆一口氣，「你的癡心用錯地方啦！人和妖怎麼可能會有好結果呢？」

絨絨忍無可忍，大聲怒斥：「輪不到你這個『魔』講話！」

老和尚聞言亦大怒：「妖言惑眾！」

絨絨悄悄對許樂天說：「快跑。」說完便推了他一把，要他趕快上手扶梯。

許樂天心想捷運站都已經關了，就算跑到龍山寺站也無法出站。既然如此，還不如留下來和絨絨在一起。

於是他只是做做樣子、跑上手扶梯後，就蹲在梯口、將背包放在旁邊，從兩道手扶梯中間凹槽向下窺看。

絨絨雙掌朝向老和尚，施展火術：「烈焰沖霄！」

數道赤色妖火形如振翅鳳凰，迅疾地襲向老和尚，烈焰所到之處無不燃起煙塵。

老和尚隨即高舉金剛杵，喊道：「放光如來！」

這回，巨大瑰麗的金色法輪出現在老和尚身前，替他擋住妖火。烈焰隨即朝四面八方流動。絨絨馬上就發現，周圍只是燒起來，卻沒有熱度，牆面也不會燒焦變形。

不只如此，方才火光一照，她才發現捷運站有些角落居然是模糊的！

她有那麼一瞬間，懷疑自己和許樂天已在不知不覺中陷入某種幻象，但她察覺不出幻術。還來不及深思，周圍的石雕群在火光照射下產生的人形黑影，急遽起了變化。

它們彷彿突然被賦予生命，先是在天花板、牆或地板上蠕動或扭動了兩下，接著紛紛騰飛起來，反過來攻擊絨絨，並且吞噬妖火。情況與方才在藝術館時一模一樣。

絨絨退後一步，在周圍起一面薄如蟬翼的金色護身屏障，將那些黑影阻擋在外。接著她想起了許樂天的猜測，施更高階的火術試探：「金蛇沖霄！」

這次只有一條粗如臂膀的金蛇攻向老和尚。火舌還沒觸碰到法輪，周圍再次產生一批新的人形黑影。它們動作更快、攻擊力更強，眨眼間就如狼群撲羊般，將那道金蛇狀的三昧真火啃食殆盡。

絨絨這才確定了方才的猜測。她的火所產生的影子，被老和尚反轉過來攻擊她。而且殺傷力越強的火，影子的殺傷力也越強。

眼下那批新的影子一撲向絨絨的護身屏障，便將之撞出無數裂痕。

她馬上回頭對許樂天喊：「快逃！」

老和尚一邊與絨絨對戰，一邊向許樂天喊話：「施主，上面危險，快下來！老衲護著你，別怕！」

絨絨立即收走火勢，改施風術吹滅兩排石雕的燭火，站內頓時又恢復一片黑暗，而她的靈力也只剩三成。

一片黑暗之中，她背後傳來一聲輕響，像是有人倒抽一口氣。與此同時，她的心忽然感到一陣劇痛，彷彿被人猛力揪緊。

眼前兩排石雕上的蠟燭再次亮了起來。

她痛得皺眉咬牙，驚覺不妙，撫著心窩、轉頭朝手扶梯上方一看，赫然看見站在上方梯口的許樂天背向她，正從手扶梯中間的凹槽摔落！

他的背上染著一抹鮮血。原來是老和尚趁方才一片漆黑、兩人不備時，冷不防從許樂天背後現身，用金剛杵刺中了他。許樂天遭刺後回頭看了一眼，便失去了意識。

絨絨雙眼圓睜，大聲驚喊：「許樂天！」

她反射性施瞬移術，身影一晃，在許樂天下方閃現。她一個躍起，雙臂接住許樂天。此時周圍環境突然一變，他們回到了方才的藝術館。

黑暗之中，迷霧與昏黃燭光依舊，但絨絨已感受不到許樂天的鼻息、心跳。他神情安詳，彷彿只是沉沉睡去。魂魄雖然還沒脫離、消散，但與肉身一樣無知無覺，就像是與肉身一同死去似的。

為什麼？為什麼一瞬間就死了？連身體都變冷了？怎麼可能這麼快？

絨絨既震驚又害怕，不停喚著：「許樂天？許樂天，你醒醒啊。」

她見他背上的傷鮮血淋淋，深可見骨，整顆心再次揪緊，又慌又痛。她雙手顫抖地從口袋裡拿出一小塊北投石放在他身上，又對他輸靈力。但他整個人像是沙包般毫無反應。眼淚很快就模糊她的視線，她搖晃著許樂天的肩膀，「許樂天，你快點醒來！我不准你死，你聽到沒有？不准拋下我！我還有很多人情沒有還你！」

淚流滿面的她哽咽了一下，又說：「像你這麼好的人，應該要多福多壽，不可以這麼年輕就……都怪我……」

她的臉貼上他冰冷的側顏，心想：要是我早知道自己對轉生、對麗麗的執著，有可能會害到你，我寧願一開始在捷運上就錯過你……都是我不好……

她抱著他哭泣時，老和尚幽幽的聲音在館內迴蕩：「怎麼還沒出竅？」

絨絨拳頭握緊，泛淚的眼神忿恨，抬頭叫：「是你！」

老和尚隨即現身，但眉眼已無初識時的和藹可親，而是陰沉森鬱。

他對她隔空擊出一掌。不過就這麼一掌，她的魂魄就被滅掉兩魂七魄。而那瞬間，她感覺不到一絲疼痛，甚至連掌風都沒有，只是頭向後一仰、有些失神。等到她下一秒回神，就只剩下一魂了。

她知道老和尚的實力在她之上，即便她現在有十成靈力，也不是他的對手，更何況她現在靈力只剩三成。她再次真切意識到，弱者任人宰割的命運與悲哀。但要是她死前不能替許樂天報仇，她說什麼都不甘心。

老和尚看向她懷裡的許樂天，重複剛才的話：「怎麼還沒出竅？傷口應該已經癒合了才對……」

絨絨一聽，看向許樂天的背，傷口果真在眨眼間癒合了。她破涕為笑，心中亮起一絲希望。然而她再次輸靈力給他，他還是無法接收，魂魄仍無動靜，也依舊沒有呼吸、心跳。

她心慌又茫然地說：「為什麼？」

「這就是金剛杵的威力。」老和尚右掌一攤，金剛杵變成了影子。

絨絨這才發現，那根本不是法器，而是法器的影子。

她眼神一凜，問道：「你到底是誰？該不會也是……影子？」

老和尚呵呵一笑，「不愧是赤狐白子。沒錯。」

他終於露出了真面目，那是一張年約五、六十歲，仍眉清目秀、俊帥不減的臉孔。他不再自稱老衲，而是說：「我就是影子。」

絨絨想起方才捷運站裡的異狀，終於想通——原來他們還在虛空裡。不論是黑暗的捷運站還是黑暗的藝術館，都不過是老和尚藉真實場所延伸出來的虛空。他們打從一開始就沒逃離他的手掌心。

老和尚坦承：「我雖然沒辦法探知你們所有的想法，但是能顯現出你們『想看到的』東西或場所。也可以說，我能將你們腦中的影像在虛空中『實體化』，再放入我想讓你們看到的。」他雙手一攤，「包括我自己。」

「剛才在捷運站裡，有些地方是模糊的，是因為我平常沒有留意那裡，所以才無法被清楚呈現出來？」絨絨問。

「對。」

她再問他：「你明明可以輕而易舉地殺了我，為什麼留下我一魂？」

老和尚反問她：「妳說呢？」

她的心彷彿漏跳了一拍，輕聲說：「內丹？但是……」

老和尚猜得出她心中疑問為何，「沒錯。我雖然不是妖，卻能吸收妖丹。這就是為什麼那麼多鬼自願墮入『惡鬼道』的原因。因為從『惡鬼道』再進入『魔道』，就能吸收妖的丹力，迅速增進修為。」

絨絨想到阿娟。她不禁懷疑，阿娟是否曾妄圖搶或偷其他妖的內丹。為了避免打草驚蛇，阿娟在入魔之前才一直隱藏木術的能力。

一想到阿娟心思如此深沉、過去有可能打過自己算盤，絨絨心裡就泛起一陣酸楚。

老和尚說：「沒想到吧？我和他不一樣；他成了羅漢，而我成了影魔。」

絨絨知道他說的是誰，反駁道：「不可能！就算你是影子，也絕不可能是玄奘的影子。玄奘是一代高僧，你既然是他的影子，就算是有自我意識，也不可能變成魔。」

影魔露出一抹苦澀的笑意，「是嗎？若無光，何來影？」

第十五章 影魔

距今一千三百多年前，唐朝麟德元年，仲春深夜。

長安城以北一百三十餘里的玉華宮（註1），雖大殿、樓閣林立，卻與皇城那般富麗堂華、壯闊氣派不同，而是一座秀麗僻靜的離宮。帝改宮為寺後，玉華寺變得更為清幽樸素，卻更顯莊嚴朗雅。

一陣誦唸聲從寺院的一間廂房內傳出，那聲音低緩和諧的猶如清風、仿似流水。

房內陳設簡樸異常，床榻上仰臥著一名僧人。他身材高瘦，面色白潤，戒疤下的五官深邃、眉目如畫，不見一絲細紋、老態，看不出已有六十多歲。此時闔眼的他，五官莊嚴得宛如菩薩塑像。

床邊地上，三個盤腿、雙手合十，正在誦經的年輕男子是僧人的弟子，正在為師父誦經祈福。

床上的僧人翻身側臥，緩緩抬眼看向弟子們。昏黃燈火下，他們鼻頭泛紅，眼中有淚。

註1：玉華宮為唐代離宮。據《大唐大慈恩寺三藏法師傳》，唐高宗永徽年間改宮為寺，故又稱「玉華寺」。玄奘晚年由長安慈恩寺移居玉華寺，潛心翻譯佛經。此外，本章的「里」為唐代度量衡單位，非現代的公里。

僧人正是玄奘法師，他安慰他們：「不必為我傷感。我能在臨終前，有幸受那小兒點化悟道，此生已圓滿。」他的聲音仍柔和疏雅，卻已無昔日那般清亮。

中間的僧人叫普光，他怕師父擔憂，勉強回以一笑，「我們並非傷感，而是想到師父即將升至西方淨土，從此遠離顛倒恐怖，才忍不住喜極而泣。」

左、右兩位聽聞，也點頭稱是。

玄奘明知弟子們在說謊，卻也不願點破，只道：「如此甚好。」說完便坐起身，雙腿盤坐，手結禪定印。

弟子們以為師父忽有感應，故才打坐冥想。沒想到師父一闔眼，隨即嚥了氣。那一刻，房內無風、燈罩無異，卻燭火俱滅，然而玄奘遍體亮起柔和光暈。屋外傳來百鳥哀鳴之聲，且盤旋此廂房不去，似是在為法師送別。

燈罩內的燭火方熄，升起的絲絲殘煙與鳥啼聲令普光意識到：師父圓寂了。

他領左、右僧人朝床邊恭敬地磕三下響頭，眼淚不禁落下。他抹去眼淚，與同伴站起身，將師父尊身放平、伸展。

此時平躺在床榻上的師父面容安詳，宛如熟睡。

普光掀起師父床邊的燈罩，再次點燃燭火後，與其他人一同奔出廂房，將師父涅槃的消息通知其他弟子。

沒有一人發現，玄奘的影子就跪在床尾，低頭哀悼，發出涕泣般的嗚咽聲。

他的光走了。

玄奘在世時，自小便容貌俊美，慈善寬厚，心思澄明、通達佛理。眾人無不喜愛他，稱讚他是天縱之才。

隨著數年苦行，他的修為已變得極高。無形之中，就連他的影子也誕生自我意識，並享有極高的法力。

玄奘與影子就像連體嬰一般無法分離，也從未分離。但數十年來，從未有人留意過影子。影子並未因此心生嫉妒或憎惡。他從不在乎旁人的目光，只在乎玄奘。因為他一直都極為迷戀、癡慕著人品高潔的玄奘。

對他而言，玄奘是世間一切光明、美好的總和與代表。他甘願永生永世藏在玄奘背後、被玄奘踩在腳下，只求光影永不分離。

如今，玄奘的壽命到了盡頭，而他也在這一刻得道化去，但影子卻還留在人世間。

滿腔的悲痛使影子腦中一片混沌。他凝視著玄奘平靜祥和、如蓮般的白淨臉龐，哀戚地想：我的世界再也沒有意義了……不，我們不會分離的！只是暫別數日，因為我們是一體的。對，他很快就會回來接我。我應該為他高興，他終於得償所願，化為羅漢升天了。我應該要高興才對。

影子隨即在玄奘身邊躺下，繼續伴他左右。即便現在的他，只是沒有靈魂的軀殼。

玄奘圓寂的消息很快便傳至長安（註2），帝聞此噩耗，哀慟不已，遂罷朝一日。

送葬那日，隊伍浩浩蕩蕩，規模堪比國葬。沿途數萬僧尼、百姓相送，所到之處鳥獸悲鳴，直至白鹿原。

這一段路途，影子始終陪伴著玄奘的軀殼，一如陪伴他走過的一生。

然而距離往生早已過了七日，玄奘仍未歸來。

守在靈骨旁，癡等的影子不免內心開始焦躁，萌生種種煩惱、疑怖。

為何他還沒回來接我？我是他的影子，為何當晚不能隨他一同升至化外世界？究竟是為何？他該不會忘了我吧？不，我伴他一生，他絕無可能拋下我。他會回來的。我得在這等他，不能離開。不然他回來後會找不到我的。

影子像是隻被拋棄的忠犬，即便日日飽受思念與猜疑之苦，仍期盼著主人回來接他，不肯離去。

一年又一年過去，兩百多年後，中原爆發黃巢之亂，各地烽火連天，長安一再被攻破，皇城盡毀。

待大唐滿朝覆滅時，影子才終於意識到玄奘不會回來了。原來自始自終都只是他一廂情願。一甲子的陪伴與兩百年的等候全成了笑話。

那一刻，他由愛生恨，心中發誓：不成魔，不罷休！

中原各地藩鎮割據、自立為王，揭開了紛亂擾攘的時代。

隨著朝代更迭、戰事不斷，無法隨玄奘而去、又無魂魄可自立的影子雖不甘被拋棄，

註2：據《大唐大慈恩寺三藏法師傳》，玄奘於唐高宗麟德元年二月五日（農曆），玉華宮內圓寂，享壽六十二歲，葬於白鹿原。

卻也無可奈何，只能附在其中一顆玄奘的頂骨舍利上，隨其在各地流轉，靜待時機。

二戰後，影子附著的那一顆頂骨舍利，輾轉來到台灣的日月潭。

也就是在那時候，影子發現了潭中蘊藏的轉蓮環。倚靠著日月潭豐沛的天地靈氣，他耗費數十年將意識凝聚成元神，又將元神成功轉移到轉蓮環上，施法將它化作魂魄所用，得以繼續修煉。

但是影子的野心豈只於此。有了魂魄後，他便開始打起肉身的主意。

一個多月前，機緣巧合之下，他隨著頂骨舍利來到人口密集的台北，趁機盤踞善導寺。

他在寺內的大雄寶殿上，創造滿天神佛降臨的的幻象，並且自身也以佛的形象示人，聲稱來此誦經便可為誦唸者消業障、積福報。越來越多信徒前來誦經，但經書梵文處皆被修改，受加持的只有影子自己。

不僅如此，影子隨著法力迅速增強，吸走了成千上百、為自己加持的虔誠信徒的精氣，並且將信徒化為「供奉石雕」。他燃燒他們的魂魄，藉以創生自身的影子，不僅修煉成影魔，也能創生出黑影和虛空。

盤據在善導寺一帶的影魔，感知到肉身能承載強大靈力的許樂天，說什麼都不能錯過。他不想節外生枝，因此才以老和尚的形象，在許樂天面前現身、為他解圍，藉機將許樂天引入陷阱。

影魔不疾不徐地對絨絨說：「這麼多年來，我終於想通了。我之所以不能隨他前往西方淨土，是因為我當年只是影子，沒有人魂。只有人魂才有機會位列仙班或成就佛果。呵，多麼不公平。」他看向半人半妖的絨絨，「想必妳也是為了成仙，所以才走上轉生這條路吧。」

絨絨含淚悲憤地說：「要是我早知道轉生會害了他，我寧願永遠當妖！」

影魔冷言冷語：「可惜千金難買早知道，不是嗎？」

此時絨絨懷裡的許樂天緩緩眨開雙眼，影魔突然開搶，右手以迅雷不及掩耳的速度一把將他從絨絨懷中抓過來。

絨絨伸手正要搶回，他朝她吹一口氣，她整個人彷彿遭狂風吹襲、向後騰飛，背部猛然撞上對面的牆，面朝下重重摔落地面。

受到如此強烈的衝擊，她有那麼一瞬間失去知覺，只剩耳朵嗡嗡作響。緊接著她痛得五官縮在一起、全身冒汗，感覺內臟都被摔成爛泥。

她忍著劇烈痛楚，咬緊牙關、抬頭一看。影魔右手提起神情恍惚的許樂天，左手朝他胸口打去一拳。他的身體只是微微晃動了一下，魂魄卻直接被打飛出去，一晃眼，就在她眼前消失。

她倒抽一口氣，眨了眨眼，不敢相信自己的眼睛。瀕臨崩潰的她，感覺世界全然碎裂崩塌。

「他去哪了？你把他怎麼了？」她的聲音既輕又顫抖。

影魔左手一攤，她先是雙眼圓睜，接著雙眼一閉，熱淚潸然落下。

徹底崩潰的她握緊雙拳、捶地，仰天咆哮：「啊——」

剎那間館內所有玻璃全被震碎，一陣狂暴氣流如風吹沙似地捲起玻璃碎片，挾帶橫掃千軍的氣勢呼嘯而過，頃刻間就滅掉所有燭火，撕碎所有展示台和櫃體。就連影魔也下意識鬆開許樂天，以雙臂護住臉龐。

絨絨的長髮在空中狂舞，當她再次睜開雙眼，瞳孔已成螢綠，眼神癲狂狠戾。她趁機朝許樂天身軀一招手，一道小型龍捲風便將許樂天捲到她身後。

哪怕她實力遠不及影魔，哪怕她只剩一魂，哪怕她的靈力即將告罄，她都會為了許樂天戰到最後、戰到最後一口氣。

影魔放下雙臂的瞬間，周遭燭火再度復原。然而除此之外，周圍滿目瘡痍，不見一物完好。

「真是難纏。呵，妖孽。」影魔雙手一攤，「那我就先解決妳吧。」

話音方落，絨絨自己的影子從她身後，冷不防一把伸進她的身體。

「呃……」

她感到一股發自體內、刺入骨髓的寒冷，低頭一看，便見到拳型的影子從自己胸口穿出來。拳頭一張，她才意識到自己的內丹就這麼被硬生生掏出來！

不過一眨眼，聰穎的她，思緒便已轉了一圈，有了必死的覺悟。

她先是轉頭看向許樂天，悲戚一笑，含淚輕聲說：「是我……對不起你。你死了……我也不活了……」

影魔的手彷彿有吸力，朝絨絨隔空伸掌，就將內丹給奪了過去。她渾身一涼，感到全身無力。

影魔一將內丹吞下時，絨絨忽然嘴角一勾，露出得逞的笑意。她的「將計就計」即將成功。

影魔。

她的身體搖搖欲墜，彷彿隨時會倒地。然而她仍堅持挺直上半身，眼神直勾勾地看著

影魔被瞪得有些惱怒，一揮手，絨絨的影子便從她背後掐住她脖子。

她痛苦地皺起眉頭，卻也不抵抗，只是氣若游絲地問：「好……吃嗎？」

影魔察覺她的不懷好意，卻又不明所以，正想開口，忽覺胸口灼熱了起來。

內丹是妖生命的泉源，蘊藏無比強大的能量。性情剛烈的她，為了保護許樂天的肉身，不惜與影魔玉石俱焚。

絨絨怒視影魔，眼神瘋狂，心道：我剛才在內丹裡埋下了火種，一起魂飛魄散吧！

第十六章 各顯神通

就在絨絨即將引爆影魔體內的妖丹、與他同歸於盡時，一道小小的身影忽然在兩人上方現身。

絨絨定睛一看，竟是乞丐裝扮的藍采和。他雙手將他的寶物，一個看似竹編的「花籃[註1]」翻轉、向下一倒，竟倒出了一縷魂魄！

絨絨大驚失色，「許樂天！」

許樂天一出花籃，見到她也急喊：「絨絨！」

藍采和食指擦了下鼻子，叉起腰，有些驕傲地說：「厲害吧。他只是被轉移到別的地方而已，妳可別想不開啊。」

上次絨絨、許樂天等一行人在北投發生危險、生死交關時，他與呂洞賓正在地熱谷上空大打出手，差點壞了大事，因此對他們感到十分內疚。恰巧他這次經過忠孝東路，感應到呂洞賓的天威劍劍氣，以為他又賴皮、沒去瑤池，便氣呼呼地跑過來，打算找他算帳。沒想到卻看見善導寺出現兩、三個虛空；許樂天的魂魄獨自在其中一個，他的肉身、絨絨和一隻來歷不明的魔則在另一個裡頭。

註1：八仙八寶中，藍采和的寶物「花籃」功能是囊括萬物、天地互通。

藍采和察覺狀況不對，便馬上出手相助。他雖然是孩子樣貌，又是散仙，但仙力一點也不弱。

絨絨這才意識到，許樂天並沒有被影魔魂滅，只是被轉到另一個虛空。

而許樂天剛死時，魂魄還處於渾沌的狀態。他聽到絨絨的哭喊、呼喚，才逐漸恢復意識。他使盡全力，才終於讓自己清醒。沒想到才睜開雙眼，他的魂魄就被影魔打出體外、轉移到一個漆黑的空間。他正愁不知如何回到絨絨身邊時，藍采和突然現身，直接拿個花籃當頭朝他蓋下。他正感莫名其妙，魂魄就被「倒」回原本的虛空了。

許樂天的魂魄爬起身，正要伸臂抱住重傷的絨絨，藍采和便阻止他：「還不快歸位？你的肉身可是她拚命護住的。」

影魔嘴角一抽，冷冷地說：「魂魄歸不歸位都無所謂，反正他的肉身遲早是我的。」他看向絨絨和藍采和，「你們兩個加在一起也不是我的對手。只有神才有可能滅得了我。」語音未歇，立即發動攻勢。

兩股黑影從他的雙掌竄出，化成無數凶猛巨犬，撲向絨絨、許樂天和藍采和。

本來就在絨絨身前的許樂天魂魄首當其衝，三魂七魄都瞬間被撕成碎片！

而藍采和先是用花籃格擋影犬群，再一把撈起它們，將它們轉移到其他空間。

等到絨絨反應過來的時候，已經來不及了，許樂天已在她面前神魂俱散。

「許樂天！」她承受不住那麼大的打擊，身體不支地跪下，含淚朝藍采和大吼：「你為什麼不幫他擋？」

「擋了怎麼覺醒啊？」藍采和理所當然地說。

「覺醒？」絨絨和影魔同聲道。

第二批影犬群正要攻向絨絨，她後方地面，許樂天的雷射筆突然從口袋飛出，化為震天劍，擋在絨絨身前。

與此同時周圍閃起雷電，地上的玻璃碎片全都飛升到空中，像是定格的雨。緊接著，碎片迅速聚集成一團，轉眼變成一顆玻璃球。一道道閃電接力似地劈向它，激發成一顆電漿球。

電漿球裡的電弧越來越多條，球體也越來越亮。再一道閃電下來，電漿球炸開，碎片登時噴濺，藍采和趕緊用花籃擋住自己和絨絨。

待碎片落地，藍采和放下花籃一看，許樂天的魂魄已重新凝聚，頭後方出現兩圈光環；內圈的是仙環，外圈則是神環，神環上有一支光簇。同時，劍也自動回到他手中。

藍采和一打響指，心道：覺醒五成！

絨絨見到許樂天頭後的兩圈光環，震驚不已，「他的靈力和影魔不相上下！但是，這怎麼可能呢？」

許樂天橫眉怒目，雙瞳冒螢藍光芒，一揮劍便將影犬一掃而空。

影魔也被許樂天無比強大的氣場給震懾，語帶顫抖：「你、你……」

怒火沖天的許樂天話不多說，握緊閃著雷光的震天劍，一步上前，一劍就將影魔腰斬。

雖然影魔上、下半身隨即就接回去，看不見一絲裂口，但是絨絨的內丹卻掉了出來。

藍采和一抖花籃，便從籃中取出內丹，遞給絨絨，「快拿回去。」

絨絨連忙將內丹放回胸口，體內的寒涼無力感才終於消失。

藍采和雖然仙力不弱，但打架卻不是強項。他趁許樂天攻擊影魔時，充當行動電源，幫絨絨恢復魂魄和靈力，順便治療肉身內傷。

影魔閃得快，但許樂天劈得更快。影魔自知攻擊力不敵許樂天，數度欲操縱黑影攻擊絨絨和藍采和、轉移許樂天的注意。但許樂天動作如迅雷，且能一心二用，不僅黑影一生成就被雷劈散，他自己也同時朝影魔劈砍數次。然而，他並未因此處於上風，不論他將影魔砍成多少塊，影魔都會馬上癒合。兩方一時間難分高下。

藍采和見縫插針，朝影魔一扔竹籃，竹籃在空中變成一個大竹簍，開口朝下罩住影魔。交錯的竹條瞬間收縮，竹簍頓時成了人形，將影魔縛得動彈不得。

影魔掙脫不開，又因這寶器之力無法遁逃或另拓虛空，遂施法變出所有人形燭台，將它們密密麻麻地包圍住自己，對許樂天叫囂：「你想殺我，就必須先殺這些人！」

「動手！」絨絨對許樂天喊著。

兩人心有靈犀，互相交換一下眼神，許樂天便馬上意會過來。

閃亮的震天劍發出劈啪聲響，他一個躍起刺向影魔，高喊：「風馳電掣！」

只見劍身被一道螺旋氣流包裹，使威力變得更加強大。除此之外，氣流衝得比劍更快，一馬當先地觸碰到人形燭台時，馬上變成環流、向外打轉、將劍尖前方的人形燭台都順時針掃開。劍尖如入無人之地，長驅直入地從竹簍孔洞中刺入影魔胸膛。

「雷霆之怒！」

剎那間雷電交加，數道天雷同時劈向影魔。一陣刺眼閃光中，他好不容易修煉出的魂魄被打回人形黑影，仰頭發出淒厲慘叫：「啊——」

影子形體也開始解體消散。即便到了此刻，影魔心中揮之不去的，始終是玄奘的身影。他與寡婦阿娟一樣，一直以來，他恨玄奘、怨玄奘，但歸根究柢，還是因為愛玄奘。

執迷不悟的黑影發出啜泣聲，聲嘶力竭地大喊：「為什麼？為什麼拋下我？為什麼我不能隨你一同升天？只因為我是影子！蒼天不公！」

藍采和收回花籃、抱胸，童稚的聲音冷淡地說：「你心中無佛，當然不能成就佛果。跟你是人是鬼是影子；方的圓的扁的一點關係也沒有。」

影魔一滅，眾人隨即回到原來的世界。

方才圍繞影魔的石雕燭台全都掉落地面、恢復人形，將小小的藝術館擠得水洩不通。原本玻璃櫃內的那對燭台，更是在恢復的瞬間將玻璃展示窗擠爆。

絨絨衝上前抱住許樂天，感受到他胸膛的心跳，才總算安心。

許樂天單臂抱住她，親吻她的亂髮，心想有她在懷裡的感覺真好。

藍采和收起花籃，看向地上的人們，「雖然這些人還沒恢復意識，但至少沒有大礙。只需要休養幾天，失去的魂魄就能恢復如初了。」

他轉頭一看，絨絨和許樂天正沉浸在失而復得的兩人世界，你儂我儂的，根本沒聽到他在說什麼。他嘟嘴抱胸：「你們到底有沒有在聽我說話？話說，你們兩個沒事跑來善導寺做什麼啊？」

絨絨聽到他的聲音，忽然想到了什麼，環顧一圈，眼睛登時一亮。

角落的舍利子還在！它仍在半空中懸浮、微微轉動。

許樂天問絨絨：「老和尚已經滅了，為什麼那顆舍利子還在？還有，那老和尚到底是誰啊？」

絨絨簡要告訴他影魔的來歷時，藍采和也注意到了舍利子。他正要過去看看，腳下便感覺踩到了什麼。抬腳一看，是斷成數截、略帶銅鏽的青銅片，上頭有著精美鏤空雕刻，周身隱隱蘊含靈氣。

「這是？」藍采和撿起其中幾片來看。

「轉蓮環！」許樂天一驚呼，絨絨也跟著倒抽一口氣，向藍采和投以責備的眼神，怪他踩碎了它。

「不甘我的事啊。」藍采和連忙揮手澄清，「它本來就已經碎了。」

絨絨沮喪地說：「如果它真的是轉蓮環，碎成這樣，是不是不能再使用了？」接著又問許樂天，「等等，你怎麼會知道它是轉蓮環？」

「我？」許樂天也很疑惑，「對啊，奇怪，我怎麼會知道？但我又覺得自己在哪裡看過啊……」

藍采和說：「這大概跟你的覺醒有關，部分記憶因此恢復了。」

絨絨奇道：「什麼覺醒？」心思機敏的她隨即想通其中緣由，邊推敲邊點頭，「我還以為是神蹟；以為是老天爺借神力給許樂天。原來是覺醒啊。那許樂天原本是什麼神仙？」

藍采和說得保守：「這我就不知道了。老實說，我也不確定。這只是我和呂洞賓的猜測。」他怕絨絨再追問下去，會不小心洩漏天機，連忙轉移話題對許樂天說，「你快點歸位啊。」

經藍采和這麼提醒，許樂天才想起這要事。他的肉身就平放在角落的地面上，他飄過去後，緩緩躺在身上。奇怪的是，他一直無法歸位，只要稍微一動，魂魄就會脫離肉身，無法相合。

正當三人納悶、著急時，突然一陣狂風掃來。許樂天的魂魄趕緊跳起來，手持寶劍，以身護住絨絨和藍采和。

角落突然多了個人影。他身材高大，穿著民國風的墨綠軍裝和軍靴，看起來氣宇軒昂，宛如民國初年的軍閥頭子。周身檀香、仙氣環繞，頭後方是一圈仙環，上有四支光簇，顯然也是武仙。

藍采和有些訝異地說：「你怎麼也來了？啊，我知道了。你是不是也感應到天威劍的劍氣啊？」接著他轉頭對許樂天和絨絨說，「他是鍾離權（註2），呂洞賓的師父，也是八仙之一。你們應該聽過吧？」

鍾離權生前是漢朝大將，即便到了現代，仍喜著軍裝。

他脫下軍帽，露出一張劍眉星目、剛正不阿的臉龐。與「孩子氣的藍采和」、「不羈的呂洞賓」相比，他的性情較為嚴肅寡言、沉穩內斂。

他的視線掃過周圍一圈，略有所思地以五指爬梳著小油頭，沉聲問：「這是怎麼回事？我徒弟呢？」他的目光最後落在許樂天身上，「他的劍怎麼會在你手上？」

藍采和搔了搔頭，「說來話長啊。」

許樂天見對方是八仙，隨即把劍放下。劍再度變成雷射筆，自動飛回身軀上的襯衫口袋裡。

絨絨忽然雙膝一跪，懇求鍾離權：「請你救救許樂天！他的魂魄被魔打出肉身，現在肉身心臟已經停了，魂魄想歸位但一直失敗。」

鍾離權看向藍采和，他點點頭，表示絨絨說的都是真的。於是鍾離權先觀詳許樂天這一世，確認他命不該絕後，才右手往後伸進墨綠披風，拿出一把與軍裝毫不相襯的蒲扇（註3），朝許樂天輕輕一揮。

註2：八仙分別代表「男女老少、貧賤富貴」，鍾離權代表「富」。
註3：八仙八寶中，鍾離權的寶物「蒲扇」功能是起死回生。

許樂天突然感到一股強勁的吸力將他吸往肉身。只不過一眨眼，他就已魂魄歸位、起死回生。

他一坐起身，絨絨便撲了過來、再次抱緊他，關心地問：「你沒事了？」

許樂天點點頭，拍拍她的背、安撫她，並向鍾離權道謝。

絨絨一把將他拉起，又問鍾離權是否能幫助麗麗起死回生。

麗麗的狀況，藍采和也是知道的。他將事情經過簡要告訴鍾離權，鍾離權隔空端詳毛麗麗後，搖頭婉拒：「不行。」

藍采和嘆了一口氣，「果然不行。」

絨絨不解地問：「為什麼不行？麗麗也是命不該絕啊。」

「死亡沒超過七天都可以。但她的魂魄已經脫離肉身太久，本身又沒有強烈的求生意志。愛莫能助。」

此時天花板忽然綻放金色光芒，一道熟悉的人影緩緩降下，對大家說：「這裡怎麼滿滿都是人。好熱鬧啊。」

絨絨瞇起眼睛一看，差點沒氣暈過去。

第十五章 影魔

第十六章 各顯神通

第十七章 真玄奘

第十八章 小兒點化

第十九章 轉蓮環

那是一個外貌斯文雋雅，穿著樸素灰袍的光頭僧人。他的臉與影魔一模一樣。不僅如此，神態、舉止，甚至是說話聲調、語氣也都相同。

初時藍采和、許樂天的神色也和絨絨一樣閃過一絲詫異，但緊接著眾人皆注意到他周身散發午後陽光般的佛光。

僧人似乎感應到了什麼，先是一愣，接著微微皺起眉頭，垂下視線，面有哀容，「唉，來遲了。」

藍采和問僧人：「你是真正的玄奘？」

絨絨仍心中存疑，也問他：「聽說玄奘圓寂以後，成了佛、去了西方淨土。怎麼會在這裡出現？」

玄奘說：「我並非成佛，而是成為羅漢。過去千年，一直待在淨土修行。因為感應到了我在世時的影子即將作亂，所以更加刻苦修行，希望能一修成菩薩，就回到人間阻止。」

藍采和對絨絨說：「剛才的影魔騙得了人和妖，但騙不了我和鍾離權。現在這位真的是菩薩、真的玄奘。」

絨絨抱胸冷哼一聲，開口諷刺玄奘：「那你來得可真是太巧了！影魔都已經被滅了才出現。」

「放肆！」鍾離權對絨絨厲色斥責，「怎麼對菩薩如此無禮！」

許樂天迅速站到絨絨身前、護著她。絨絨從他臂後探出頭，回嘴鍾離權：「我哪裡說錯了？」

許樂天雖然剛才差點被影魔魂滅，但心裡還是有些同情影魔，便也幫腔：「老實說，要不是玄奘拋棄了影子，影子也不會走火入魔。他跟絨絨的阿嬤一樣，都被拋棄。我覺得他雖然很可惡，但也很可憐。」

鍾離權正要開口，玄奘便以手勢制止他，平靜地說：「無礙。還是由我來解釋吧。」

他頓了一下，對眾人說：「影子一誕生意識時，我就察覺到了。然而，他並沒有因為與我一起修行而明心見性，反而對我產生了迷戀。

「我一心向佛，自然無法回報他的心意。我試圖開導他，但都沒有用。原以為不搭理他，他終有一天會放下。沒想到，這份執念卻釀成了貪嗔癡。

「當我圓寂時，他因為無佛果不能隨我一同前往淨土。當時我以為分離和時間能沖淡影子對我的心，也希望附著在舍利子上的影子，日後會隨寺院長期誦經而潛移默化、明心見性，終有一天能消除貪嗔癡、生佛心、成佛果，所以我到淨土後，並沒有馬上回來見他。」

許樂天又說：「不能帶影子去淨土，我可以理解。沒有馬上回來看他，我也可以理解。可是這中間隔了一千多年耶，你中間就不能回來看看他？他畢竟陪伴了你一生。」

玄奘回道：「也許你們聽說過：仙界一天等於凡間一年？但淨土與仙界不同；淨土一天，凡間一百年。我也沒料到，自己不過潛心修行幾天，再往人間看時，影子已經由愛生恨，動用法寶煉出魂魄。憑我當時的羅漢之力，還不足以渡化他，所以我才加倍努力修行、升成菩薩。這次回來，就是想趕在他在善導寺作亂之前渡化他。沒想到路上被王母娘娘攔下來聊了幾句，所以來遲一步。」

絨絨蹙眉握拳，「又是她！一下蟠桃大會，一下出面攔截。都是因為她，大部分的神仙都不在，這幾個月來台北才會群魔亂舞、天下大亂。」

藍采和與鍾離權互相交換眼神，沉默不語。

玄奘微微一笑，柔聲反問：「為什麼祂們一定要在呢？鎮守人間難道是祂們的義務嗎？眾生在世上都有自己的功課，神仙也有自己的事要忙啊。」他看向許樂天，「如果不是因為這一連串的波折，你又怎麼會有機會覺醒？」

藍采和眼睛一亮，見機不可失，忙問：「請問許樂天的真身到底是什麼神？為什麼我和呂洞賓開法眼都看不出呢？」

玄奘說：「仙怎麼能窺看神。更何況他還凌駕在神之上呢。」

「啊？」藍采和訝然，「那豈不是比天帝還……？」

絨絨和鍾離權雙眼圓睜，許樂天則指著自己，不敢置信地說：「我啊？我這麼厲害嗎？」

玄奘呵呵一笑，點頭看了藍采和與許樂天一眼，「是『麒麟（註1）』。」

絨絨又驚又喜，「這我知道，我在書上看過！那不就也是四隻腳的獸嗎？」她雀躍地牽起許樂天的手說，「原來你跟我一樣啊。」

藍采和說：「差多了好嗎？麒麟靈尊是遠古靈獸耶。」

玄奘答道：「是啊，創世四靈獸的神力凌駕於眾神之上。四靈獸掌管不同的原始力量；朱雀掌火、玄武掌水、青龍掌風，而麒麟掌管的是雷電。」

鍾離權問：「麒麟靈尊不是早在秦末漢初的時候就消失了嗎？之後玉帝才命白虎神尊取代麒麟靈尊，與原本的三靈尊合稱『四神尊』，坐鎮四方。」

玄奘接著說：「唉，那是因為麒麟自罰下凡。之後天界才創立雷部，接管雷霆之力。凡間傳說中的雷公電母，就是雷部仙員之一。」

許樂天好奇地問：「自罰？我到底是做錯了什麼事？後來有彌補嗎？」

玄奘說：「你自己看吧。」說完便劍指輕點許樂天的眉心。

許樂天闔上雙眼，先前覺醒時想起的記憶片段，有部分都在剎那間串在一起，變得有因果、有意義……

距今約兩千三百多年前，戰國末期。

一個身穿銀白色鎧甲的天兵降臨在一處無人山野間。他眼前的男人正抱著一隻棕色野兔，一邊撫摸牠的背，一邊溫柔地與牠說話。

男人身材高瘦，面容深邃清冷、俊逸非凡，頭上盤髻，身穿碧藍色長袍，赤足踩在地上。若非頭後方有兩圈光環，且身上散發月輝般的柔和光芒，又被各色鳥獸圍繞，看來與常人並無二致。

註1：《山海經》、《禮記》、《淮南子》與《述異記》中，都曾提及遠古靈獸——麒麟。並將其與青龍、朱雀和玄武視為「四靈獸」。不知何故，秦漢時期，麒麟換成白虎，與青龍、朱雀和玄武並稱「四神獸」。

「報！」天兵在男人面前單膝跪下，低頭抱拳，「啟稟靈尊，天帝請靈尊，斷趙糧。」

麒麟靈尊向來喜愛遊山玩水，不喜過問人間事，對於世局不甚了解。他眨了眨眼，眼神純真地問：「趙在何方？為何要斷趙糧？」

天兵聽了簡直快暈厥，但還是竭力保持嚴肅地回答：「此刻我們正在趙國境內。」

接著他又解釋：戰國七雄爭霸不休，導致連年戰禍、民不聊生。天帝為求中原盡早恢復安定，決定助秦國早日一統天下。

此時人間，秦國正與趙國交戰，即史上赫赫有名的「長平之戰」。人稱「殺神」、「人屠」的秦軍主帥白起，雖成功將趙軍主力誘入谷地並合圍，但趙軍堅決不投降，在原地築堡壘、等待援兵。

此仗極為關鍵，若秦國勝，則六國再無能力可與秦國匹敵，如此秦國便可加速兼併天下、終結戰國時代。故天帝令天兵請麒麟靈尊出馬、斷趙糧。

「如何斷？」麒麟問。

天兵誤解天帝之意，「斷絕趙國糧食。」

麒麟性情慈和，猶豫地說：「若是如此，趙人豈不無糧可食？」

「靈尊請放心，天帝自有安排。還請靈尊即刻出馬。」

一炷香之後，趙國都城邯鄲以東，忽有鉛雲滾滾而來，好似一雙巨大的黑手撫過千里沃野。

地上人們抬頭一看，雲層間電光雷鳴，好似一場大雷雨即將落下。

人們見狀趕緊走避，就怕跑得晚了給雷劈中。

他們很快就發現這團雷雲不尋常，不僅家戶內的雞犬開始不安地啼吠，田野間脾性順從的牛驢也不受控地狂奔、驚逃。眾人議論紛紛，卻不知為何有此異象。

烏雲聚集得很快，轉眼間天地變色、暗如黑夜。忽而天光一閃，天雷驟然轟下，一道接著一道，卻滴雨未見。

麥田裡開始冒起縷縷黑煙。麥與稻不同，非於水田裡種植，星星之火便可燎原。農夫們見大事不好，想提水滅火，但外頭仍雷電交加，他們不敢貿然靠近，只得眼巴巴地看著眼前的麥田，燃起一簇又一簇火苗。

天乾物燥，火勢越來越大，不到一個時辰便燃盡數百里，將百姓賴以為生的糧食焚燒成焦土。農民們跪地痛哭，卻也不知該如何是好。

不僅良田，就連糧倉也一間間在熊熊烈火中垮落、燒毀。

遠方山丘上的麒麟手握震天劍，眺望著眼前燃燒的大地，心中很是憂心不安，不知自己這麼做，究竟對或不對。

就在這時，忽然天降甘霖，暴雨嘩啦落下，頃刻間便澆熄百里野火。然而已燒盡的糧食，又怎回得來？

麒麟正因這場大雨而納悶，一個身穿黑袍、身材魁梧的男子現身在他身邊。男子頭後方與麒麟一樣，都有兩圈光環，且外圈神環上同樣有七支光簇。

他轉頭一看，有些詫異，「玄武？」

「麒麟，你可闖了大禍了。」

「什麼？」麒麟驚愕。

玄武深知麒麟生性善良敦厚，這麼做必有原因，因此才來尋他，想當面問個清楚。

兩位靈尊一談之下才知道，天兵誤傳了天帝旨意。

原來天帝指的「斷趙糧」，意思是「切斷趙國輸往長平的軍糧補給」。

麒麟知道真相後，既錯愕又懊悔，「都怪我太魯莽了，應與天庭再三確認的。」

玄武又道：「燒掉良田、糧倉，確實可使趙國無糧可援助前線將士，但也使趙國國內即將遭逢飢荒。根據天庭預測，趙國本就將因此仗而元氣大傷，若是再遇飢荒，死者恐將……更勝長平四十萬戰亡之數。」

麒麟聽聞，震驚萬分。他看向大雨之中已燒得焦黑的田野，想到趙國因自己的過失，接下來將餓莩遍野，不僅萬分愧疚，內心更是痛不欲生。

麒麟的肩膀垮了下來，因自責而紅了眼眶。玄武見狀，按住他肩膀，「兄弟，此事並非全然是你的過錯。是那天兵——」

麒麟搖頭，「無論如何，終歸是因我施法而釀成大錯。我的所作所為都將使數十萬人餓死。這與屠殺有何區別？我愧對天地給予的神力，不配靈尊之位。不，我連神位都不配。」

他單手一攤，震天劍登時出現，對玄武說：「替我交給天庭吧。」

「麒麟！」

麒麟將劍塞給玄武，玄武又道：「你是何意？這可是你的兵器啊！」

麒麟淒涼一笑，一轉身便憑空消失。

第十八章 小兒點化

許樂天在這段回憶裡彷彿過了很久，然而當他再睜開雙眼時，人間不過才過了幾秒鐘。對大家來說，他不過是閉眼小歇一會而已。

好奇心重的絨絨和藍采和連忙上前，問他究竟「看」到了什麼。

許樂天將那段記憶扼要告訴他們，絨絨不禁嘖嘖嘆奇。

藍采和又問玄奘：「其實有件事我一直想不通，為什麼有些人明明沒有修道，卻能像我們一樣覺醒？還有，人只是肉身，為什麼能夠承受仙力，甚至是強大的神力，並且施展出來？」

鍾離權也說：「我也有相同的疑問。」

玄奘說：「心念是世上最強大的東西。許樂天誓死保護大家的決心，招回了麒麟神力和片段的記憶。不過……」他看向許樂天，「肉身無法承受全部的神力，最多只能覺醒五成。天道運行自有它的道理，為了避免你洩漏天機，只要你一日為人，就只能記起這些片段記憶，不會再多。」

絨絨聽出了言外之意，眼珠一轉便說：「也就是說，許樂天想拿回全部神力、全部記憶，就必須先成仙囉？」

「唯有再度成神，才能徹底覺醒、恢復全部神力和記憶，回歸化外世界。」說到這裡，玄奘又對許樂天微笑，「不過，我想你是捨不得她的。」

絨絨志氣比天高，仰頭說：「哼，誰先成仙、成神還不一定呢。」

鍾離權沉吟了一會，「也許不只是強大的心念，還有累世福報。」

玄奘贊同：「是的，還需有累世福報。儘管麒麟下凡為人，但他在人間的每一世，不管遭遇多少苦難，依舊維持慈悲善良的秉性。」他看向許樂天，「而我在世時，也承蒙你的點化，因而頓悟。」

「又我？」許樂天訝異地指著自己。

時間再次回到一千三百多年前，唐朝龍朔年間，仲春午後。

玉華寺外不遠處，兩名灰袍僧人正在田野間信步。年紀較長的是玄奘法師，年紀較輕的是其弟子普光。

普光見玄奘眉頭深鎖，便說：「敢問師父，是否有心事？」

玄奘坦白：「嗯，我總覺得自己距離悟道還差那麼一點。儘管我年輕時曾遠赴天竺，近幾年又潛心修習佛法，仍覺得自己並未完全通達佛理。看來我離成佛，還很遙遠。不知是否能在我有生之年，修成正果。」

他訴說煩惱之際，田邊有個小男孩正站在一顆老樹下，抬頭張望，不時來回踱步，似乎很是著急。

小男孩年約五、六歲，一身褐色衣袍既單薄又滿是補丁，顯然出身微寒。

仲春時節，風仍寒涼。普光心生同情，解下自己的披風，上前為小男孩披上，詢問他是否遇到困難。

小男孩指著樹上，神色慌張，「該如何是好？該如何是好？」

玄奘也走近一看，見到樹上有隻野貓正壓低身子、緩緩朝鳥巢爬去。鳥巢中的小鳥們似乎察覺到了危險，不停啾啾啼叫，像在呼救。

普光會意過來，摸摸小男孩的頭，「小小年紀，便有如此慈悲心腸。」

他彎腰撿起石子，正要向野貓投擲時，小男孩卻突然抓住他的臂膀、制止他。

普光疑惑地問：「這是為何？」接著又說，「你放心，我不會傷到那隻貓，只是要將牠嚇跑。」

小男孩搖搖頭，「小鳥兒被花貓吃了會死，但花貓要是不吃小鳥兒，也可能會餓死。」接著又重複了方才的話，「該如何是好？」

普光聽了放下石子，雙手合十，慚愧道：「善哉、善哉。我竟不如小兒通達事理。」

那一瞬間，玄奘頓悟了。

此前，他一直太過執著於「成佛」一事，卻忘了何謂「眾生平等」的真諦。

他看著樹上的貓與鳥，輕聲道：「凡所有相，皆是虛妄。若見諸相非相，即見如來。」

此刻，他才真正明白：世間一切皆是佛；哪怕是人、是樹、是一粒微塵。只要心中有佛，即是佛，無所謂成與不成。

一思及此，他因激動而眼眶泛淚，顫聲道：「普光，我終於找到苦尋已久的那『一點』了。」

普光一時沒會意過來，愣愣地說：「啊？」

豈料，玄奘突然在小男孩身前跪下，雙手合十，恭敬道：「多謝小兒點化。」

普光一臉錯愕，雖不明就裡，但見師父跪下，還是趕緊跟著跪。

小男孩不明白兩個大男人為何突然在他面前跪下，只是偏著頭，眨了眨圓滾滾的大眼，只盯著他們看。

玄奘說完此段往事後，又對許樂天說：「這次我一回到人間，就遇到了你。我想這是命運使然，讓我有機會了結這段善緣。請你給我報恩的機會吧。」

藍采和比許樂天還要激動，歡呼道：「好耶！這下你走大運了！」接著又向許樂天提議，「快請菩薩助你成神啊，這樣你就能拿回全部神力、重歸化外世界了。」

出乎他的意料，許樂天想也不想就問玄奘：「如果我想請你幫助絨絨轉魂籍，拯救毛麗麗，需要什麼條件嗎？」

「我想想。嗯……我們還是先換個地方說話吧。」

玄奘說完，僅僅一揮手，在場所有昏迷的人便全都恢復，且館內陳設也全都被復原。再一揮手，眾人便來到捷運善導寺站六號出口之外。

鍾離權對玄奘和藍采和說：「既然我徒弟不在這，這件事又與我無關，我先走一步了。」說完便消失，行事很是乾脆。

「許先生！」

許樂天轉頭一看，豬哥正朝自己跑來。

「你不是和虎姑婆走了嗎？」

「不知道為什麼，我總覺得有點不放心。所以送她離開以後，又回來找你了。」豬哥看向旁邊的玄奘和藍采和，感受到他們不同凡響的佛光和仙氣，有些畏縮地問，「他們是……？」

許樂天簡單幫大家介紹完，豬哥確定菩薩和神仙都無意降伏他，才放鬆了下來。

這時玄奘回歸正題，對許樂天說：「關於你剛才問我的問題……不知道你和豬妖願不願意出家，和我一起四處渡人呢？」

豬哥馬上回絕：「才不要咧，我好不容易才遇到真愛。出什麼家啊。」

玄奘勸道：「『一切有為法，如夢幻泡影，如露亦如電，應作如是觀。』（註1）世間情愛不過是鏡花水月，轉瞬即逝。又何必執著、貪戀？」

豬哥再次拒絕：「你說的那些，我聽不懂。我沒有那種慧根，也沒有那麼偉大。反正我只想待在這，和我的小寶貝談戀愛。」

許樂天正猶豫，絨絨忽然抓住他的手說：「不准為了我和麗麗答應他。」

她攤開另一隻手，掌心中央正是那顆舍利子。她說：「剛才我趁你們沒注意的時候偷來的。現在已經能救麗麗了。你不用跟玄奘交換條件。」

玄奘不急不怒，仍溫和道：「恐怕要讓妳失望了。這的確是我的舍利子，但它並沒有傳說中的神力，不能使人起死回生，也不能助轉魂籍。」

絨絨看玄奘神色誠懇，不像在撒謊，頓時失落至極。

玄奘又說：「更何況，起死回生真的是毛麗麗想要的嗎？」

絨絨眼神飄忽，「我……我也不確定。只是自從她恢復記憶以後，常常想念爸媽。我想幫她復活，這樣她就能和家人團聚了。她是那麼好的人，呂洞賓爺爺也說她有累世福報，她應該要活到很老很老，然後壽終正寢的。」

玄奘耐心道：「雖然她這一世無法像預期那般長壽，但陰德業果會一直跟著她流轉，再以其他的形式回報到她身上。如果我告訴妳，她對於生死看得很通透，而且對於現在的生活很滿足，妳是否會釋懷一點呢？」

藍采和對絨絨勾勾手指，要她把舍利子還來。

她重重嘆了一口氣，明白一切都是徒勞。她將舍利子交給他，他透過花籃，重新將舍利子放回善導寺的舍利塔。

註1：本句引自《金剛經》。

絨絨違心地對許樂天說：「我一點也不想成人。不管玄奘開什麼條件，你都不要答應。」

玄奘回以微笑，「真正的行善是不講條件、不求回報的。既然你們不願意隨我去渡人，我又怎麼能強求呢。」他將手中物遞給絨絨，「轉生即重生，重生即誕生。」

那東西型態非常奇異，乍看之下有點像速食店附送的攪拌咖啡匙，但柄上又多了「一整排匙」。

頂端的匙不過小拇指指甲那般大，匙型向內凹，有尖頭。頂端往下一排的「匙」，形狀相同，但匙型越往下越大，而且都是向上凹。

許樂天說：「轉蓮環！而且是恢復原狀的轉蓮環。」他抓住絨絨的手，「太好了。」

藍采和湊上前一看，疑問：「它怎麼看都不像是『環』啊？」

絨絨打量了一會，也說：「我也看不出來哪裡像『蓮』。它看起來比較像是一株植物。但是一般植物的葉子都是左右對稱或左右交錯，這東西的葉子都長在同一邊，像是另一邊的葉子都被削掉一樣。許樂天，你是不是認錯了啊？」

「我沒認錯。它要運作起來才會變成『轉蓮環』。還有，那些不是葉子形狀，是花瓣，蓮花瓣。」

絨絨和藍采和同時點頭：「喔——」

聽他這麼一說，他們才發現這些「匙」看起來確實更像花瓣，而不是葉子，只不過大小不一而已。這些青銅花瓣薄如金箔，上頭的銅鏽被玄奘抹除後，露出花瓣的脈絡，非常精緻優美。

絨絨得知自己轉生有望，總算再次笑顏逐開。她回頭正要向玄奘道謝時，卻已經不見他的身影。

第十九章 轉蓮環

萬眾期待的除夕終於到來。大多數的上班族也由此展開一年中最長的假期——年假。

清晨六點半，台北的天空灰濛濛的，微光才從雲層中透出來，許樂天便已穿上高領毛衣、羽絨外套和長褲，準備好要出門。

而絨絨穿著短袖、短褲，裹著棉被，邊打呵欠邊跟著他走到玄關、為他送別。

許樂天的爸媽長年在國外工作，一年才返國一、兩次，這次回國就是要與家人一同過年。他現在就是要去機場接他們，載他們回老家。

許樂天拿起鞋櫃上的鑰匙，放進口袋，轉身對絨絨說：「我過幾天就回來。冰箱裡的菜記得吃，只要微波加熱就可以了。」

「嗯。」絨絨睡眼惺忪地對他揮手。

「信用卡要收好喔。丟了就馬上告訴我，我來處理就好。妳手機裡有設定電子支付，還是可以買東西的。電視櫃的存錢罐裡面的錢也可以用。」

「知道了啦。」絨絨又打了一個呵欠，「快去吧。」

「真的不跟我一起回家過年嗎？」

「真的。」絨絨加重語氣，又說，「都問過幾次了。」

許樂天輕嘆一口氣，捧起她的臉，小啄一下唇，又摸摸她的頭，「妳一個人要小心。

找麗麗、獨眼他們過來家裡陪妳也好。有什麼事就打給我，我一定馬上趕回來。」
「哎，你好囉嗦啊。我要回去睡覺了。你快走啦。」絨絨打開門，推了他一下。
「好好好。」許樂天拉上行李，向她揮手，「等我回來，再做好吃的給妳。」
她沒有半刻遲疑，乾脆地關上門。
許樂天像隻忠犬似地杵在門外盯著瞧，期待她會再開門。等了一會，看了一眼手機時間，才依依不捨地轉身，搭電梯下樓。
一直到他駕車駛出大樓地下停車場，站在玄關的絨絨才緩緩蹲了下來，將棉被把自己裹得更緊。此時的她神情嚴肅，若有所思。
剛才昏昏欲睡的樣子是她故意裝的。半小時前，許樂天一醒，她也跟著醒來了。現在的她一點睡意也沒有，心裡清楚知道，許樂天回家過年的一刻，就是她行動的開始。
雖然許樂天在她得到轉蓮環的那一刻，真心為她感到高興。但隨後便開始為她擔憂，和麗麗聯手相繼勸她：不要再轉生。維持現況就已很好，應當要滿足才是。
但是絨絨沒有辦法接受。
她想堂堂正正地和許樂天在一起。不只讓周圍的朋友承認，也要天地承認。此外，她再也不想被罵雜種，再也不想被罵妖孽。

她必須是人。不論是肉身還是魂魄，都必須是人。

她怕大家擔心，所以決定瞞著大家，獨自前往陽明山。

她當然也想要有個人陪伴，當然也害怕自己這次是有去無回。但在野外成長的她比誰都清楚：人生總有些時候是要獨自面對的。特別是重大、艱難、情勢嚴峻，又避無可避的時刻。

早晨九點多，一個身穿白色短袖T恤、淺藍刷白牛仔褲的女孩，獨自走在陽明山竹子湖的頂湖海芋步道上。

陽明山是台北人的後花園，一年四季都適合賞花、踏青。不過現在隆冬時節，正是陽明公園櫻花怒放的時候，竹子湖這裡的花季尚未開始，幾乎沒有遊客，只有寥寥花農辛勤顧田，或附近居民健走經過。

海芋步道兩旁，各家花田連接成一望無際的綠地毯。再過一個月，這裡將會搖身一變，成為白色海芋和各色繡球花接力綻放，長達半年的花海。

儘管現在不是花季，人們徒步其中，仍能感到天地遼闊，心胸也隨之舒展開來。

偶有路人見到女孩時，都不免因她單薄的穿著而多看幾眼。

女孩身材玲瓏，皮膚白皙。雖然戴著口罩，但仍看得出臉蛋紅潤如粉色薔薇。

她視線與其他觀光客不一樣，並未東看西看，而是與步伐一樣堅定地朝向前方，似乎很清楚知道自己的目的地在何處。

沒多久，她的腳步便在步道的盡頭停下。

此地群山環抱，山嵐繚繞，不遠處的小油坑口不時冒出裊裊白煙。

她凝視眼前一片青田，心想：就是這裡。沒想到會這麼順利到達。

之前她聽岳鐸和夜鷺精說過，陽明山蘊藏深厚龍氣，是台北最理想的修仙之地。山上龍蟠虎踞，來路不明的妖鬼一上山就會被各路人馬圍剿。

所以絨絨剛才一到山下，就馬上施龜息術隱蔽自己的氣息，認為憑自己「薄雲階」的道行應該能躲過各路妖鬼的視線。

但她搭公車上山的時候，就發現沿途時不時有些「人模人樣」、道行勝過自己的妖，在車外毫不掩飾地觀察她，使她如坐針氈。

照理來說，像她這種來路不明又擁有「薄雲階」的妖丹，應該會引來一波殺機的。她當下都已做好戰鬥或逃跑的準備，但不知為何，車外那些妖始終沒上車或貿然出手，似乎在忌憚著什麼。

想到這，當時她環顧四周，其他乘客都是普通人，但是座位最後方的「無人角落」卻隱隱散發著一股仙氣。她不刻意去探知，是不會察覺的。

車外的妖比絨絨道行更高，感知力自然也更敏銳。所以即便車上的仙氣並未全然彰顯，車外的他們也比絨絨早一步察覺，自然不敢輕舉妄動。

絨絨馬上就認出，那是邱灩的仙氣。

她心知邱灩要阻止她上山太容易了，之所以一路默默跟在她背後，大概是為了保護她吧。

思及此，絨絨心中所有不安、恐懼都瞬間消失。她對角落露出一抹微笑，回頭便解除龜息術。

下車之後，絨絨抬頭挺胸地走在路上。儘管路上仍有數雙虎視眈眈、不懷好意的眼神射來，但有邱灩在，她知道自己可以「狐假虎威」，大大方方地前進。

此刻絨絨眼前這片青田的盡頭，便是連接東青丘的入口，也就是她的出生地。

數日前，玄奘將轉蓮環交給絨絨時，對她說：「轉生即重生，重生即誕生。」

絨絨心想，玄奘應該是要告訴她，轉蓮環需在誕生之地使用才能奏效。

而東青丘的入口就在這群山環抱、海芋花海的盡頭。

然而，東青丘的結界極為強大，且邊界有重兵看守，她沒辦法強行闖入，況且邱灩也似乎沒有要出面幫她的意思。所以她只能希望轉蓮環對於誕生之地的「定義範圍」可以大一點，讓她能在結界外就完成歷劫轉生的最後一步。

眼前的青田只是幻象，東青丘內部與周圍因龍氣氤氳，四季如春，溫度不僅終年維持在舒適的二十至二十五度，花海更是永不凋零。

依絨絨如今的實力，要破這障眼法對她來說是小事一樁。她見四下無人，便施隱身術，再結印施法：「破！」

對外界來說，眼前的景象不變，但對絨絨來說，卻變成一片純白如雪的海芋。

花海沉靜而聖潔，其中隱藏著深邃無窮的力量，一如海芋的花語：純淨、雄偉。

許樂天雖見過轉蓮環，卻不知道如何使用，自然也無從幫絨絨。

她拿出轉蓮環，緩緩步入花田，正思索著該如何操縱它時，大拇指忽然摸到一小球凸起。她頓時皺眉，感到奇怪。

這轉蓮環，這幾天她看過無數次，很確定本來是沒有這顆小球的。怎麼會突然冒出來呢？再說，許樂天也從未提及過這顆小球。

儘管如此，膽大的她並未多猶豫，直接就按下小球，柄的尾端登時伸出一大截。若忽略柄上一排花瓣，只看頭尾的話，整支就變成了一支長柄攪拌湯匙。

「原來它的柄是伸縮的啊。」絨絨忽然想到了什麼，「等等……」

她看向周圍的海芋，突然靈光一閃，將轉蓮環多出的那一截插入濕泥中。

青銅花瓣上的脈絡隨即閃起淡淡光芒，像是正從土裡吸收養分一樣，同時散發出的靈氣也越來越強，伴隨著一股清香。緊接著它開始旋轉，越轉越快，最後果真如許樂天所說的，變成了一朵蓮花。

花周圍亮起環型光束，變成了真正的「轉蓮環」。

她心生好奇，伸手正要去碰，指尖卻在觸及環型光束時，被一股威力強大的衝擊波給震飛出去。

由於事出突然，她完全沒有防備，落地時摔得七葷八素，忍不住哀嚎：「噢……」

她坐起身時，赫然驚見轉蓮環旁多了一個女孩。

那女孩與她長得一模一樣，就連穿著也別無二致。

直覺告訴絨絨，那女孩是轉蓮環變出來考驗她的。

她不確定女孩是否是幻象，保險起見，她站起身時，還是變出了白色骨鞭。

女孩手上也隨即多了一條相同的骨鞭，也盯著絨絨上下打量。

絨絨思酌：轉蓮環這麼做是什麼意思？只有面對自己、戰勝自己，才有資格當人？只要打敗她，我就能轉魂籍了？不知道她的骨鞭是不是真的有力量⋯⋯

她挑了挑眉，試探性地朝女孩甩鞭而去，女孩也同時甩鞭過來。絨絨左手撐地、後翻閃過，右手同時再朝女孩揮鞭過去。女孩也以相同的姿勢攻擊而來，並輕易閃過。

兩人簡直像是鏡像似的，動作分毫不差。

絨絨再一甩火鞭，虛晃幾招，倏地揮鞭過去。女孩也同時揮鞭過來。

這一鞭只是聲東擊西，絨絨趁兩人都一個躍起，在空中一旋、避開攻擊時，在女孩閃鞭的反方向引爆數顆火球偷襲。但同一時間，絨絨周遭也憑空炸出數顆火球。

霎時間，花田上方閃起幾簇炙熱烈火。

然而在空中旋轉是有慣性的，她沒辦法突然改變方向，只能縮手腳、彎腰、轉頭，避開爆炸的火焰。她一落地，便發現女孩以相同姿勢落地。周圍落下的諸多火星馬上將好幾叢海芋燒毀，她趕緊施法滅火。

火雖滅去，但花叢還是冒著陣陣白煙。

絨絨不再冒進，卻思考了起來：她似乎知道我在想什麼，不然不可能跟我完全同步。

如果，她就是我，我又要怎麼樣才能打敗她？

第十八章 小兒點化

第十九章 轉蓮環

第二十章 心魔

第二十一章 火蓮

第二十二章 花海盡頭

此時不遠處的步道上，有一個女人正走下花田，往絨絨的方向靠近。她身穿羽絨外套、戴園藝手套、穿牛仔褲、長筒雨鞋，似乎是這塊地的花農，來巡田的。絨絨正在煩惱如何應敵，餘光瞥見那個女人又更煩了。她心想危急關頭，別來搗亂啊。

接著轉念又想：不對，是我在人家花田裡打架。唉，這下又該欠人情了。但是現在頭都洗一半了，沒辦法，只好……

她回頭看向那個女人，一雙桃花眼圓睜，瞳孔頓時閃了一下螢綠，低聲說：「一葉障目！」

那個女人被施了幻術，眼神突然失去神采，整個人顫了一下，僵硬地轉身往步道走。

絨絨輕呼一口氣，回頭繼續思索對策。法力不可能平白無故地突然增進，只能出奇不意了。

這麼一想，她鞭上火焰倏地由赤轉金，朝女孩揮鞭的同時也喊道：「金蛇沖霄！」

數道金色火蛇做為火鞭的助攻，從不同方位向女孩進攻。

女孩與絨絨一同發動攻擊，並且同時閃過。此時絨絨施展的其中一道火蛇突然空中轉向，變成主攻，與火鞭來回變換交錯。

接著幾輪，不論是火鞭還是火蛇都在最後一刻突然反轉，招數極為刁鑽古怪。女孩全都一一閃過，絨絨並不氣餒，反倒越打越快，到最後出招、拆招的速度，甚至比之前的幾場生死之戰快上兩倍。

皇天不負苦心人，雙方總算出現時間差。絨絨知道這種機會稍縱即逝，她掐準時機，發動奇襲。

「星火燎原！」

揮出去的火鞭突然斷開、散成一節節，疾如流星地攻向女孩，並且在觸及她時一一炸開。

「中！」

絨絨修的是火術，本身是不懼火的。儘管衝擊力使她和女孩都同時被炸得向後彈飛。但絨絨怎麼也想不到，自己身上到處都是被炸到的燒燙傷。

渾身焦黑冒煙的她痛得皺眉，一揮手將周圍的火都給滅掉，狼狽地從花叢裡撐起上半身，朝對方一看，赫然發覺對方受傷的部位與自己相同，或者應該是反過來：對方受了傷，自己也會跟著受傷、疼痛。

絨絨美目怒視轉蓮環，不滿地說：「這不是在耍我嗎？到底想要我怎麼樣？」

接著她靈機一動，等等，為什麼一定要對打呢？

仔細回想起來，從一開始到現在，每一回都是她先動手的。如果她不動手會怎麼樣？

豈料，轉蓮環像是能讀懂她的心思。倒在她對面花叢裡的女孩突然消失。

「這是表示我通過了？」絨絨低頭看了一下自己，滿身都是傷。除此之外，毫無變化。

她又看向轉蓮環，思索著這葫蘆裡賣的是什麼藥？想換個方法考驗我？

她不敢大意，緩緩爬起身，環顧四周，手中仍緊握著火鞭。

花田周圍開始出現道行極高、化成人形的妖在暗處觀察她。不過，就算他們有能力窺破幻象，見到她正在歷劫，也無所謂。因為她能感覺到邱灩的仙氣，知道邱灩就在不遠處坐鎮，因此那些妖不足為懼。

絨絨感到奇怪的是另外一群人。他們從花田外的步道遠方走來。

她原本以為他們只是經過，沒想到他們竟走下花田、朝自己而來。人數大約二、三十人，都是普通打扮，與其說是花農，更像是遊客。

絨絨心想奇怪了，這花田設有迷障，在外人眼中是看不出異樣的。現在又不是花季，無花可賞，他們沒事下來做什麼？

她故技重施，試圖施幻術要他們離開。

然而，他們中了幻術後，雖也與剛才的花農一樣停下腳步，雙眼變無神，但只是渾身顫抖了一下，並未轉身離開。

絨絨定眼細看，他們似乎全身動彈不得，既無法轉身也邁不開腳步。她馬上意識到：有人也施術控制他們。

她正要再走近一看，那些人腳下霍然竄出無數血絲，將他們裹成一團團血繭！

「不可能……阿嬤已經……」她眼眶頓時一紅。

下一秒，她感到腳下有動靜，敏捷的她馬上高高躍起，躲過從土裡竄出的一叢血絲。血絲張牙無爪了兩下，再次嗖地縮回土中。

她一個後空翻、落下，血絲再次伸出。她再次躍起，火鞭一揮，血絲叢頓時燒得焦黑。然而她一落下，另一叢血絲又攻來。如此不斷一來一往，令她越加煩躁，也越來越火爆。

終於她忍無可忍，躍起時朝底下施火術：「烈火燎原！」

赤色妖火頓時吞噬一片田地，但完美地避開那群遊客；火舌如遊蛇般靈巧迅捷地將包覆他們的血絲根部燒掉，他們身上的血絲隨即一條一條剝落。然而，他們眼神仍舊空洞、全身僵硬。

待她落地時，白雪般的花海已成熊熊火海，唯獨轉蓮環仍舊完好無損，看起來依舊清淨聖潔。

下一刻，火海中突然出現她日夜思念的人影；那個與麗麗照顧她二十幾年，卻被她失手滅掉的阿娟。

此刻的阿娟披頭散髮、眼神癲狂的樣子與絨絨最後一次在台北車站捷運站地下街看見時，一模一樣。

絨絨看得目瞪口呆，那一日的畫面隨即浮上心頭，頓時熱淚盈眶。

邱灪昔日警告絨絨的話在耳邊響起：「將來妳一定會有遇到心魔的那天，到時候必須心存善念並且堅定意志，才能戰勝。」

邱灪一出生也是赤狐白子，轉生須歷的三次天劫，她自然都是經歷過的。直到這一刻，絨絨才真正明白邱灪的話有如此深意。

強烈的悲傷轉為憤怒，絨絨回頭怒視轉蓮環，「為什麼要這樣對我？」

不過一個分神，她就被腳下突然竄出的血絲叢緊緊包裹住，頓時動彈不得。

繭中，密密麻麻的血絲同時鑽進她的皮膚裡，讓她痛得仰頭大叫，兩行熱淚滑落臉龐，「啊——」

周圍燃起的金色烈火瞬間將血繭燒得氣化。滾滾煙塵中，全身只剩焦黑冒煙碎布、滿手滿臉都是血孔的絨絨撲倒在地。她不但體力不支，靈力也快告罄。

火海中的阿娟雙手朝天一揚，數團血絲叢再次包裹住那些彷彿行屍走肉的遊客。

然而絨絨抬頭看向阿娟時，腦海中浮現的卻全是過去美好的點滴，全是阿娟待她的好。她們曾是那麼幸福快樂。

絨絨想制止阿娟，但她不敢再施火術、不敢揮鞭，甚至不敢伸手碰阿娟。

凡所有相，皆是虛妄。絨絨知道，但是她做不到。哪怕現在眼前的阿娟不是真的，她也深怕阿娟會再次灰飛煙滅。

昔日的凌雲壯志、滿腔熱血和萬夫莫敵的膽魄都已不復在。此刻的絨絨，只不過是因痛苦、悲憤和愧疚而無法奮力再戰、瀕臨崩潰的凡人。她感到自己是如此的渺小、如此的微不足道。

忽然一道小型龍捲風出現，火海中頓時狂風大作。

待風止時，火也滅了。

遍地焦土、白煙之中，阿娟不見了，取而代之的是同樣讓絨絨心心念念，卻絕對想不到的妖——夜鷺精。

他那一頭長長的髒辮中，仍然有一撮標誌性的白色挑染。

儘管他的神情沒有生前那般爽朗，而是一臉陰沉，絨絨還是徹底崩潰了。

她美麗的臉蛋上頓時血淚交織，忍不住痛哭失聲：「阿公……」

她早就預料到天劫會一次比一次難，但她沒想到第三次會這麼難。阿娟和夜鷺精都是她最無法面對的人，或者應該說是妖鬼。

轉蓮環一再揭她傷疤，讓她的心再次鮮血淋漓，讓她不只覺得自己不配動用法寶轉生，更不配活在世上。

心魔的考驗是如此殘酷，殘酷的不只誅心，而是撕心裂肺。

絨絨既悲傷又憤恨，恨不得一鞭將轉蓮環燒毀。若不是想到轉蓮環周圍光束有著無比強大力量，她很可能真的會因為一時衝動下手。

與此同時，夜鷺精，變出雙刀，冷不防攻向絨絨。

她雙手拍地、一躍而立，變出骨鞭格擋，抬腳欲將他踹開，他及時向後一躍避開。她乘機出手將團團包住遊客的血繭根部燒毀，血繭再次剝落，裡頭的人再次露了出來。雖然他們與她一樣都已經是千瘡百孔、鮮血淋漓，但至少都還有氣息，現在送醫還有救。

夜鷺精再次發動攻擊，這次他隔空操縱風術，兩把彎刀在空中急速轉動、化成圓鋸，夾帶強烈風流朝她掃來。

她同樣也以鞭馭風，鞭子夾帶氣流，將那兩把刀一一擊飛。

兩把刀彷彿迴力鏢，夜鷺精凌空一躍，雙刀便在迴旋後陸續回到他手上，他隨即對絨絨展開雙刀流快攻，速度遠比阿娟的血絲攻勢快上許多。

她在心中不斷告訴自己：凡所有相，皆是虛妄。只要施三昧真火就足以傷到他。只要一招就行。

但她始終下不了重手，只得與他周旋下去。

焦土之上，陣陣風切聲不絕於耳，地上不時被兩方對戰的氣流颳出一道道切口。就在這個時候，阿娟再度現身，又將遊客們裹成血繭。絨絨見狀，想找機會摧毀那些血繭，將裡頭的遊客們救出來，卻始終找不到空檔。

不但如此，阿娟還與夜鷺精一前一後對絨絨發動攻擊。

儘管絨絨現在只剩不到一成靈力，也未必就無法擊敗夜鷺精和阿娟。但她就是狠不下心對他們下重手。

如果她放棄轉生、不戰而逃，那麼那些尚被困在血繭裡的人，又該怎麼辦？

絨絨徬徨無助地看向躲在花田外、一顆樹後的邱灩心想：我到底該怎麼做？我怎麼做都不對。

如她所預料的，邱灩並沒有給她任何回應，也沒有要出手相助。

但她自己也清楚，劫難皆須自己歷，否則何以有所成？更何況，轉生本就是逆天而行。

她分身乏術之際，阿娟反而被夜鷺精的風刀給誤傷。

「阿嬤！」

絨絨一個分心，竟被夜鷺精見縫插針：「螺旋斬！」

她隨即被急遽風刀砍斷左臂！

「啊——」她吃痛尖叫，從空中重重摔落在地，內臟彷彿都被摔得稀爛。

大量的鮮血從斷臂傷口汩汩流出，轉眼便染紅她周圍的土地。

她痛得五官縮在一起，額間狂冒冷汗。她勉強用右臂撐起上半身一看，夜鷺精消失了，而阿娟正緩緩朝遊客走去。

絨絨知道自己僅存的這麼一點靈力還能滅阿娟，也應該要滅她，或至少重傷她。但絨絨還是做不到。

對阿娟的愧疚和對夜鷺精的虧欠衝垮了絨絨，對他們的感情淹沒了她。

她感受到一股強大的風壓正從她上方而來。她仰頭一看，空中有個黑點。

那是她熟悉的招式，也是夜鷺精的絕招。

她苦笑一聲，喃喃地說：「我也逃不出我自己的繭……」

風壓越來越強，她想到了許樂天，知道自己再也見不到他了。

他們在一起時，他總給她帶來溫暖、快樂和愛，但她卻害他數度顯象環生，甚至喪命。

「再也見不到我，對你來說才是最好的吧……」

一叢血絲忽然從她周圍地上竄出，將她包成血繭。她透過血絲間的縫隙往上空看，空中的黑點越來越大。

夜鷺精宏亮的聲音在上方響起：「音爆斬——」

絨絨心想：看來這一劫，我是過不了了。既然如此……至少不要牽連無辜……

她奮力而起、全身燃起赤焰，將血絲盡數燒毀。風暴與刃氣的破壞力之強，她不僅皮開肉綻，全身血流如注，胸中的妖丹外層也正在龜裂。

狂風之中，她用最後一點靈力燒掉遊客周圍的血繭根部，在他們身上施護身咒：「陣列前行！」

她施完法，隨即鼻下溢血，向前倒地。妖丹外層徹底殞滅，內層開始碎裂。震耳欲聾的風聲中，即將四分五裂、魂飛魄散的她，抬眼一看，護身金網中的遊客們身影一一消失。

她恍然大悟——原來那些遊客，甚至是一開始的花農，都只是幻象。她過去自視甚高，以為沒有幻術能逃得過她的狐眼，沒想到這次卻被騙了。而且被騙得這麼慘。

妖丹核心即將殞滅，意識到自己轉生失敗，渾身是血的她淒涼一笑，「我終究只能是……雜種啊……」

第二十一章 火蓮

絨絨彌留之際，數朵火蓮從天上盤旋而降。

真正的阿娟和夜鷺精靈魂踩著火蓮回到人間。

心念是世上最強大的力量。絨絨的誠心感動了上蒼，讓阿娟和夜鷺精的元神得以復原，並被火蓮重新凝聚魂魄，再入六道輪迴。

絨絨沒想到還能再見到他們，內心感動不已，聲音微弱：「你們……是來接我……走嗎？」

她說完就此斷氣，但臉上卻帶著滿足的笑意。

方才絨絨歷劫時，邱灩一直都在花田外守著，寸步不離。

絨絨並不知道，轉蓮環被啟動時，也創生了一個虛空，將她與外界隔離。在她看來仍是白天，其實真實世界早已入夜。

邱灩看得見虛空裡的景象，也數度想闖入、幫助絨絨，但最後都忍了下來。

人生的所有劫難都必須自己歷。凡人的劫難，他人相助，就算通過也不算數，他日必將再歷。而所謂的「化劫」，不過是延遲其到來的時間而已。

但絨絨的劫不同，像她這種轉生所須歷的是「天劫」。一旦邱灩出手助她，便會被天道視為「投機舞弊」。不僅絨絨先前所有的努力和犧牲都會前功盡棄，輕則被剝奪肉身、道行，打回狐魂，一切必須重新再來；重則直接魂飛魄散，萬劫不復。

因此邱灩觀戰時，不斷告訴自己：赤狐白子，注定不凡。

她一直都很欣賞絨絨，對她有著極高的期望。更何況絨絨的天賦遠在她之上，她始終堅信絨絨可以轉生成功。

她的心不斷對絨絨說：撐住！如果我當年可以撐過去，妳也一定可以！

然而，事與願違，絨絨過不了心魔這關，無法滅去幻象，終至粉身碎骨。

花田周遭漆黑無光，黑暗之中，邱灩拳頭握緊到青筋凸起。鮮少有表情的她，此時一手抵著樹幹，傷心地留下一行眼淚。

她見絨絨奄奄一息，正要闖入虛空時，不可思議的畫面出現了。兩縷魂踩著火蓮從天而降，進到虛空。他們與絨絨的心魔長得十分相似，但神情安寧祥和。

絨絨斷氣之時，魂魄也開始飄散，但那兩縷魂用手上的火蓮重新凝聚起她的魂魄，隨即慢慢消失。

這是邱灩從未見過的景象。簡直就是奇蹟。

轉蓮環周遭的光束突然朝外綻放炫目白光，刺眼得令邱灩睜不開眼。當光芒褪去，虛空已消失，而轉蓮環也停止旋轉，只是靜靜插在土中。

絨絨的肉身雖然仍舊皮開肉綻、千瘡百孔，但一度停止的心臟恢復跳動，胸口再次微微起伏，呼吸了起來。氣息雖然微弱，卻總算再次活了過來。

位於陰曹地府的浮生、若夢池也同時各生出了一朵純白無瑕的蓮花，分別是絨絨的命蓮和運蓮。

邱灩雖然無法得知地府事，但她看得出，絨絨的妖丹雖然殞滅，卻長出了第七節靈根，且妖魂變成了人魂。

明白絨絨徹底轉生成功，邱灩破涕為笑，萬分欣慰。

相傳轉蓮環是「佛祖拈花」（註1）的那朵花所化，是全知全能的法器。

絨絨歷劫時的所有反應和心念都會被轉蓮環一一檢視衡量。

興許是因為她臨終前，選擇將最後的靈力用來保護無辜的人們，所以轉蓮環認可了

註1：數部佛教典籍如《寶林傳》、《五燈會元》……等，皆曾提及「拈花微笑」一事蹟。傳說靈山法會時，佛祖在眾人前拈花，唯有迦葉尊者會意微笑，因此佛祖宣布將法門傳給迦葉尊者。

她，允她轉魂籍。

邱灩抹去眼淚，身形一閃、出現在絨絨身旁。

地上的她仍不省人事，全身多處骨折，又失去左臂，整個人像是被數枚炸彈輪番轟炸般慘不忍睹。

邱灩配戴藏經環的左手一攤，位於他處的轉蓮環和左臂便被她收入環中。她彎腰蹲下，將絨絨一個橫抱起來，朝花海盡頭邁步。

只見天邊與田野交界之處突然抖動了一下，兩人隨即消失。

而她們背後的青田幻象，則一如往常地在風中微微搖曳成浪，彷彿什麼事都沒發生過。

一間充滿高科技設備的手術房內，絨絨正躺在中央的手術台上，由三組醫師、護理師和運器師攜手共同搶救。

東青丘國土極小，面積只與士林區差不多大，但國內享有高度文明且極為富庶。醫院急診室內有著最先進的設備，更有許多不可思議的療傷法寶、法器，可以說是當世無處能及。

距離邱灩將絨絨帶進東青丘僅僅不到一小時，她的外傷、內傷便幾乎痊癒，目前人也已脫離險境。

然而，她的斷臂似乎遇到了困難，始終無法被完全接合。

因此當其中兩組醫護退開，許多相應的儀器、法寶也被移開時，負責她斷臂的那組醫護仍在試圖搶救。

手術室是三面刷白，一面雙向玻璃。在外頭的邱灩和岳鐸皆心急如焚。

只不過性格內斂沉穩的邱灩僅是眉頭深鎖、雙手抱胸，而岳鐸則是不停來回踱步。

儘管當日絨絨狠狠拒絕了岳鐸，而岳鐸也曾因此怨恨她、對她口出惡言。但岳鐸並非心腸惡毒，相反地，他個性仁慈大方，一得知絨絨因轉生受了重傷，便立刻下令要求醫院全力搶救。

已完成搶救的兩組醫護相繼走出手術室，向岳鐸和邱灩報告好消息後便離開。

然而，仍在手術室裡的那位醫師卻頻頻搖頭嘆氣，令岳鐸越看越擔心。

手術室內、外有對講機，岳鐸開始責問負責絨絨斷臂的醫師：「喂喂喂，你到底行不行啊？連負責骨折、內傷的小組都處理好了，你還在那邊拖拖拉拉的。要是錯過接合的黃金搶救時間，以後她有後遺症怎麼辦？」

沒想到，醫師大嘆一口氣，直接拿下頭戴式電子顯微鏡，率領護理師團隊走出手術室。

岳鐸和邱灩互看一眼，他正要上前責罵醫師，就被她伸臂制止。

邱灩開口問醫師：「怎麼回事？你不是顯微手術權威嗎？」

醫師搖搖頭說：「從沒見過這麼奇怪的事。過去一個小時內，原本已經縫合的血管又自動斷開，而且斷肢正在快速腐化，硬接上去，恐怕後續會對身體產生不良影響。對不起，現在的狀況已經與醫學無關，我真的幫不上忙。我建議將軍趕快去問問首相，我看這事，只有他可能知道如何解決。」接著又嘆了一口氣，才與團隊轉身離開。

邱灩話不多說，直接抓住岳鐸手臂，「走。」說完便施瞬移術至首相官邸。

二戰末期，青丘狐族隨龍虎山張天師遷徙至台灣，途經正處英國殖民時期的香港時，深受英國風格吸引。因此青丘狐族雖在台灣陽明山上創虛空、立東青丘國，採用的卻是英國的君主立憲制，國境內的都市設計、建築也都採英式風格，令人置身其中，彷彿身在倫敦。

其中一條石磚鋪成的蒼龍街上，住的都是達官顯貴。左右兩排是高度整齊劃一的別墅，別墅外牆略有差異，但戶戶門前台階上方正中央，皆掛著一盞款式復古的鑄鐵燈，燈上皆有金漆皇冠；燈下左右則都有一對蹲坐著的狐狸石雕。它們不僅是屋主身分尊貴的象徵，也如站衛兵般站崗守衛；若有外人強行入侵，將會「活」過來攻擊他們。

然而，狐狸石雕對邱灩這類懂瞬移術者沒轍。此刻，邱灩和岳鐸一個閃身從醫院進到黑磚白門的首相官邸內，門外的石雕一點反應也沒有。

邱灩和岳鐸一進到官邸內的辦公書房，就發現周圍變成了熱帶沙灘，耳邊傳來的是悠揚輕快的夏威夷音樂。

柔和陽光照映下，棕梠樹葉隨風擺動，蔚藍的天空白雲朵朵，藍寶石般清澈的海水與微風同樣沁人心脾。

潔白的沙灘上，岳鐸驚訝地抬腳看了一眼鞋底的白沙；邱灩則是環顧一圈後，看見身穿花襯衫、白色短褲的首相邱悟，正坐在躺椅上，捧著剖開的椰子、透過吸管喝椰子汁。

邱悟可說是東青丘赫赫有名、「憑一手爛牌打成賭神」的奇葩。五行術資質皆無的他，從小就被屈辱地取名為「邱無」。後來不僅憑一己之力成為一代幻術大師，更是成為東青丘目前最強大的狐仙。他也因此由皇室正式改賜名為「邱悟」。

他的頭後一圈仙環上有著六道尖端，尖端都是圓珠狀，猶如皇冠，散發著迷離光芒。他的修行已於仙道的最終階——「返璞階」。「歸真」後便可躍升至神道。由於位於「返璞階」的仙都會隨著修行越來越年輕，此刻的他外貌如同國中生，看起來是個略為清瘦、俊美的紅髮少年。

他對於邱灩和岳鐸的出現並不驚訝，只是抬頭看了他們一眼，坐起身、拉下太陽眼鏡又說：「唷，是你們啊？有事嗎？」接著再說，「噢，我應該沒錯過什麼會議吧？」

他生性率真爽朗，即便歷經無數風霜，仍是如此。因此大家皆認為，他現在的外貌更符合他童心未泯的個性。

「沒有。」岳鐸連忙上前，「但我們有急事找你！」

邱悟一臉不情願，「一定要現在嗎？真煩。」

邱灩嚴肅地說：「別鬧了，我們真的有事要你幫忙。」

「好啦好啦。」邱悟一打響指，周圍環境頓時一變。

第二十章 心魔

第二十一章 火蓮

第二十二章 花海盡頭

第二十三章 東青丘

第二十四章 藏經環

眼前的書房風格沉穩大氣，左右都是高及天花板的書牆，深處那面的大書桌背靠八角窗，窗的兩側各有一支立旗，旗上分別是東青丘的國徽和皇家徽章，兩徽都有狐狸和心宿的元素，只不過皇家徽章上有皇冠標誌。

不過一眨眼，邱悟身前多了一大張書桌，原先坐著的那張躺椅變回辦公椅。而他的打扮也變成梳著小油頭，戴著金框眼鏡，身穿三件式條紋灰西裝。畢竟邱灩一身白西裝，岳鐸身穿深藍西裝，又是要講正事，他也不好打扮太隨便。

邱悟背往後靠在椅上，沒好氣地對兩人攤手說：「說吧。」

邱灩扼要地將絨絨的情況告訴邱悟時，他一手撐臉，一手傾身撥弄著桌旁與人齊高的青銅渾天儀，看似漫不經心。

但是當邱灩講完，岳鐸急問邱悟該如何是好時，邱悟的神情立即轉為嚴肅，嘆了一口氣，嚴厲地指責他們：「還問我怎麼辦？你們一個擅自將『早該被滅掉』的白子帶回來，一個擅自動用國家資源搶救。現在搶救不成功，還敢來問我怎麼辦？邱灩，這可真不像是一板一眼的妳會做的事。」

邱灩慚愧地低下頭。岳鐸則蠻橫地上前拍桌，「廢話少說！你要究責的話，我全部一人承擔。快告訴我們到底該怎麼辦？」

就在這個時候，書桌上突然出現全息投影的袖珍人像，尺寸與酒瓶差不多大。是一個身穿黑色戰鬥服的軍人。

他雖面無表情，但口氣略微慌張：「首相，國境入口正在被人引雷劈。再這樣下去，可能會被劈出裂口！」

岳鐸驚道：「什麼？誰有這個能耐？」

報告的人聞聲轉頭，才看到岳鐸和邱灉，又向他們點頭致意，「殿下、將軍。」

「哇，這麼酷。」邱悟眼睛一亮，不僅毫不緊張，反而喜滋滋地說，「那得是『神』才做得到。不過，這個時間點，神不是都在瑤池參加蟠桃大會嗎？」

邱灉握緊拳頭說：「又是許樂天。他為什麼總是纏著絨絨不放？」

已對絨絨釋懷的岳鐸，這時反過來替許樂天說話：「什麼『纏著不放』？他們不是男女朋友嗎？」

但邱灉已然消失，明顯是動用瞬移術離開。

邱悟說：「哇，那位神還是白子的愛人嗎？我也得去看看。」

岳鐸說：「都什麼時候了，不要一副看熱鬧的樣子好不好？他們要是打起來怎麼辦？」就他所知，邱灉是很討厭許樂天的。

「打起來？」邱悟更是雀躍地站起身，「那我更要去看啦。」

岳鐸連忙伸手，「順便帶上我啊。」

邱悟一打響指，兩人便同時消失。

除夕夜，某高級餐廳私人包廂內，裝潢採中西混合，整體沉穩大氣。天花板垂掛著一盞盞造型簡單高雅的吊燈，深褐色的牆上有著立體刺繡的古典白梅，一席黑絨地毯上點綴著幾抹紅瓣，增添暖意與喜氣。

一家人正一邊享受美味的年夜飯，一邊與彼此熱絡聊天、分享過去一年來的點滴，氣氛熱鬧歡騰。人數眾多的他們，足足坐滿五張圓桌。

許樂天與爸媽就坐在其中一桌。許父雖已上了年紀，但他五官深邃，不難看出年輕時外貌應與許樂天一樣英俊、清冷。他雖看起來冷漠，實則個性也有些憨直，給人一種反差萌感。而許母的五官較小巧精緻，一頭及肩內彎短髮既優雅又不失靈動。歲月帶給了她皺紋，卻沒有抹滅那雙大眼中的神采。

許父、許母都是出身殷實家庭的天文研究員。他們在許樂天上大學後，便決定追求自己的夢想，之後夫妻倆到了世界各地的天文研究機構做研究，所以長年待在國外，偶爾才回台灣。

許樂天的姑丈身材微胖，是個個性爽朗健談的大叔。他與許父碰杯喝了一口酒後說：「欸，你們不是研究天文的嗎？有件事我正好想問你們。你們去年因為疫情的關係沒辦法回台灣，應該不知道十月初的時候，整個北投大停電吧？」

許樂天原本正在喝芭樂汁，聽姑丈這麼一說，一口果汁差點噴出來，心想：他講的不就是我們在地熱谷試圖阻止那些鬼奪舍重生的時候嗎？

那一晚是他第一次覺醒，操控雷電的時候，不慎造成北投區大停電。

他勉強吞下那口果汁後，還是有些噎到，忍不住咳嗽連連。

一桌人都轉頭盯著他看，許母問他：「怎麼啦？」

他揮揮手，「不小心嗆到。沒事。」

姑丈繼續說：「結果你們知道嗎？電力公司在復電以後，說是人員測試時操作失誤，所以才會大停電。欸，整個北投區耶。太誇張了。」

許父一臉不解，「所以呢？為什麼是問我們？」

許母也說：「對啊，我們又不在台電工作。」

姑丈說：「我在猜他們給的理由不是真的。也許根本沒有操作失誤，而是受到外部干擾，所以才大停電。」他頓了一下，煞有其事地說，「我猜測是流星雨的關係。大停電那天晚上，剛好有天龍座流星雨，大概是什麼磁力、引力造成停電吧。你們說，有沒有可能？這是不是一個嶄新的發現？」

許父想都不想便直白反駁：「沒有。不是。你錯了。」

許母手肘頂了一下丈夫的手臂，對姑丈微笑說：「雖然不太可能，但想得到流星雨，也是滿厲害的。」

姑丈睜大眼睛，有些訝異，「不是嗎？我一直以為是耶。要不然會是什麼原因？」

許母說：「造成停電的原因很多啊。如果一定要從天文現象來找原因的話……我第一個想到的就是太陽閃焰。帶電粒子會引發磁暴，確實可能會造成整區大停電。」

「不愧是做研究的。」姑姑開玩笑，「如果台電以後查不到停電原因，就可以用這個理由。」

許母也開玩笑：「妳跳槽到台電了嗎？幹嘛為他們操心？」

就在大家有說有笑之際，許樂天的心忽然一陣絞痛。

他忽然有種很不祥的預感，擔憂地想：絨絨怎麼了嗎？

他點開手機自己寫的定位APP，絨絨的顯示位置是在家中。

他馬上撥了通電話給她，但是無人接聽。

不對，她不在家裡。

接著又是一陣更強烈的心痛。他摀著胸口，心想：絨絨，妳到底怎麼了？妳在哪裡？

此時他堂弟喝完杯中的飲料，轉頭正要請他幫忙拿芭樂汁時，赫然找不到許樂天。

堂弟環顧一圈，錯愕地問：「啊，許樂天人咧？」

其他人轉頭一看，才發現許樂天不知道什麼時候不見了。

陽明山竹子湖的頂湖區一帶。

一片漆黑之中，許樂天突然出現在絨絨轉生時的海芋田裡。

他初時還搞不清楚自己人在哪裡，用手機燈光照了一下周圍，才認出這裡是竹子湖。

「她上陽明山了？為什麼她會來這？她不是說妖不能隨意上陽明山，否則會被圍剿嗎？」

他越想越惶恐，大聲喊著：「絨絨——」

四周除了風聲，什麼也沒有。

他明明感覺到絨絨的氣息，卻沒看到她的人影。

手機燈光下，他很快就看見田裡滿地都是血。意識到絨絨可能有危險，他立刻閉上雙眼，試圖強化對她的感知力度。

不久，他就發現絨絨的氣息消失在海芋田的盡頭，而那裡有一道幾乎透明、左右無限延伸的高牆。

他快步奔到田地的邊緣，發現這是一道力量強大的結界牆。這才想起絨絨過去曾與他提及自己的出生。

「結界的另一端就是……東青丘？」他邊想邊說，「她被抓進去了？」

心急如焚的他右手一張、一握，震天劍已出現在他手中。

他皺起眉頭，上空流雲迅速湧動，開始電閃雷鳴。

醫院走廊上，邱灩隔著玻璃窗看了一眼手術室裡仍然昏迷不醒的絨絨。她斷臂的傷處已被止住血，並被包紮起來。

此時室內強烈的手術燈已經關閉，改成柔和的黃光輔助燈照明。

一個護理師走過來向她報告：「斷肢已經收好了。是否先將病人轉到病房呢？」

邱灩說：「不。繼續讓她在手術室裡待著。」說完便擺擺手，示意護理師離開。

邱悟和岳鐸現身在邱灩身旁的同時，一群軍人正疾步從走廊底端朝她走來。他們不論男女，皆身材高大，穿著黑色高科技戰鬥服，神情剛毅嚴肅。

相較之下，僅身穿白西裝的邱灩顯得額外單薄。不過她的威嚴和氣場不容質疑，她對帶頭的平頭軍人下令：「看好她。沒有我的命令，任何人都不能擅自將她帶離東青丘。」

「是。」平頭軍人沉聲應道。

此時走廊的牆上突然投影出方才向首相報告的軍人。這下他的神色變得和口氣一樣緊張，「國境入口被劈開了！」

「我立刻過去。」

邱灩說完，轉身正要離開，許樂天竟已出現在她眼前！

第二十一章 火蓮

第二十二章 花海盡頭

第二十三章 東青丘

第二十四章 藏經環

第二十五章 繼承

「絨絨在哪？」他手中的劍閃著電光，劈啪作響。

在場所有人皆赫然驚覺——許樂天頭後有兩道光環。也就是說，他的真身是「神」。不僅如此，光環上的尖端與邱灩一樣是箭簇型，代表他是戰鬥力極高的「武」屬性；只不過邱灩是「武仙」，而他是等級更高的「武神」。

最震驚的莫過於岳鐸。他實在無法想像，沒有修道的許樂天怎麼可以在這麼短的時間內覺醒三次。而且他在只能拿回五成神力的情況下，戰力就已經這麼高了。

一直到這個時刻，岳鐸才真正意識到自己的渺小，並且迸發出「想變強」的急切渴望。

邱灩初時也因許樂天覺醒後的極高戰力而震驚，但很快就恢復鎮定。她也隨即意識到，依許樂天現在的實力，如果要強行帶絨絨走，她也無力阻止。但即便如此，她也要盡力一試。

她的神情毫不掩飾地流露出對許樂天的反感，雙手變出青銅短叉，仰頭冷冷地說：「闖入東青丘的果然是你。」

許樂天本就不好戰，他的目光一落在手術室內的人影，便一個閃身穿過玻璃，到了手術台邊。

「絨絨？」他輕輕撫摸她的頭髮，又再呼喚一聲，「絨絨？」

絨絨依然未醒，但他感覺到她的呼吸起伏。知道她還活著，他稍稍鬆了一口氣。他的視線很快就落在她的斷臂處，隨即大驚失色。

他心如刀絞，伸出的手都不禁顫抖。想去觸碰包紮處，又怕會害她疼痛，驚愕的情緒很快就轉為無比憤怒。他握劍的手握得更緊，怒目低聲說：「到底是誰……」

依絨絨如今的道行，也不是誰都能傷得了她。他思索時便想到前些日子在台北車站捷運站時，絨絨被邱灩差點打得魂滅的情景。

直覺告訴他，就是邱灩。

他的瞳孔因極度憤怒而亮起螢藍色電光，照明燈泡全都炸裂，周遭所有儀器設備也都瞬間因電壓過載故障，閃起火光、冒起絲絲黑煙。室內頓時一暗，唯有外頭走廊上的燈光穿過玻璃照進來。

就在這個時候，手術室內的時間突然定格了；許樂天的動作停了下來，手術台周圍冒的煙也靜止不動。

邱灩冷不防出現在許樂天背後，持雙叉偷襲他。然而，許樂天的眼珠卻突然一動，以迅雷不及掩耳的速度轉身舉劍架住她的短叉。兩方兵器交接，一陣氣浪將儀器全都吹飛、撞到牆上，登時工具散落一地，手術室變成一團混亂。玻璃窗雖是強化玻璃，但也跟著劇烈震動，發出哐啷聲響。幸好兩方都同時在絨絨身上施護身術，所以一片混亂之中，絨絨連同整個手術台都彷彿被一個無形的護身罩護著，不受一點波及。

與此同時，走廊上的邱悟還指著裡頭的許樂天，一臉雀躍地對岳鐸說：「真的是武神耶。好酷喔。」

岳鐸說：「夠了喔你。注意形象。」

這時邱壇現身在岳鐸身邊，關心地問：「殿下沒事吧？」

「你說咧？現在才來，有事也來不及了。」

手術室內，兩人隔著武器怒目而視，許樂天問邱灩：「又是妳把絨絨打成這樣的？」前所未有的憤怒壓垮了他的理智，她還沒回答，他便使勁用劍將短叉頂開，沒想到他的力量太大，正要再揮劍，邱灩已經整個人被彈飛、撞破整片強化玻璃，重重撞在走廊牆上，把牆撞出一個大凹洞。

岳鐸和其他軍人都看傻眼，邱壇急呼：「將軍！妳沒事吧？」

邱悟則是無聲地「哇」了一下。

邱灩從凹洞裡跳出來，動了動四肢關節，正要說「沒事」時，許樂天也跟著現身在走廊上。

他的氣場瞬間增強到颳起強風，道行較淺的岳鐸、邱壇和其他軍人立刻就被吹飛至走廊的盡頭。

「到底是不是妳？」他再問邱灩一次。

「還用問？絨絨怎麼會喜歡你這種人頭豬腦的傢伙。」邱灩冷回。

她沒否認，他便當作是承認了。正要與邱灩再大打出手，邱悟突然出現在兩人中間，兩人都反射性往後跳開。

邱悟對許樂天露出陽光笑容，親切地握著他的手說：「你就是許樂天吧。真是久仰大名啊，幸會幸會。我叫邱悟，東青丘的首相，你好你好。」

「放開！」許樂天甩開他的手，雙手舉劍，劍身再次閃起電光。

他正要揮劍時，周圍的景象突然變成捷運站大廳。原本威震眾人、舉著劍的他頓時傻愣原地。

周圍的紅磚牆極具特色，許樂天很快就認出自己身在何處。他面帶疑惑地說：「淡水站。」但他又想不對啊，為什麼我還是能感覺到絨絨的氣息？

邱悟又再次跳出來打圓場：「一切都是誤會，打什麼打。你們兩個先放下武器，我們好好說。」

邱灩不為所動，仰頭哼道：「他對我有誤會，我對他可沒誤會。外人擅闖東青丘是死罪。」

邱悟忙說：「呸呸呸，除夕夜呢，講話要吉利。妳說妳都已經當仙了，怎麼還是這麼不討喜啊。」

邱灩不解，「你幹嘛幫一個外人說話？」

「他魂清氣正，肯定是個善人。再說，人家是神，幹嘛跟神過不去。」

「我對妳有誤會？」許樂天這麼一想，怒氣稍減，一放下劍，刃上電光便跟著消失。但接著又用劍指著邱灩，「真的不是妳嗎？」

「廢話。」邱灩怒瞪他一眼。

「好了好了，都別激動。」邱悟又說，「現在當務之急，應該是幫絨絨接回手臂。你們說，對嗎？」

兩人互看一眼，才都不情願地收起武器。也是在這個時候，許樂天才意識到邱灩是為了幫絨絨救回手臂才將她帶進東青丘，不是要懲罰她擅闖陽明山。

接著三人周圍的景象又變回方才醫院裡，手術室外的走廊。

許樂天恍然大悟，原來他們一直都在這裡。只不過邱悟為了阻止他和邱灩對打，所以才創造幻象轉移他的注意力，才有機會勸架。

邱灩直接切入正題：「絨絨的手臂到底是怎麼回事？為什麼接不回去？」

邱悟說：「轉魂籍前，必須先清算業果。」

許樂天錯愕地說：「你說什麼？轉魂籍？」他想了一下又問，「所以絨絨來到陽明山，就是為了完成第三階段的轉生？」

「廢話。」邱灩給他一記白眼。

許樂天不解地問：「為什麼她還要再繼續轉生？原本那樣就已經很好了啊。」

邱灩說：「你懂什麼。那是你覺得好，又不是她覺得好。我們白子一旦認定的事，就會走到底。萬死不悔。」

許樂天眼眶一紅，心疼地看著手術室內的絨絨說：「那她為什麼不告訴我？為什麼獨自一個人歷劫？」

「廢話。劫本來就該自己歷，尤其是天劫。你跟著來又怎麼樣？又能為她做什麼？」

「我……我……我只是想保護她。」

邱悟打斷兩人的話，「我繼續說啊。總之，絨絨失去她的手臂，就是轉蓮環針對她過去犯下的罪業所給予的懲罰，也可以說是報應。」

許樂天馬上為她辯駁：「絨絨哪有犯下什麼罪。」

邱悟說：「你確定嗎？我看她戾氣挺重的喔。戾氣重的話，殺心也會重。過去沒少動手傷生吧？」

邱灩也替她說話：「她從小在野外長大，要是清心寡欲、與世無爭的話，早就被魂滅了，哪能活到現在。」

許樂天附和：「對。而且她殺的都是惡鬼，是為民除害。」

邱悟不耐煩了，「喂，你們兩個煩不煩啊。一直打斷我講話。」

許樂天不好意思地閉上嘴，邱灩則說：「那你快點說，怎麼樣才可以幫絨絨接回手臂？」

博學的邱悟說：「這個嘛……不論是從醫術還是法術的角度，想再接回歷劫時被砍斷的、原生的手臂都是不可能的。就算現在硬施接合手術，反而會因為她的手臂快速腐化，引發全身型敗血症。不過，如果只是想有手臂，倒是不難。」

許樂天不明就裡，「你是說接義肢嗎？」

邱灩卻明白了。她很了解邱悟。

邱悟是位個性奇特的仙，平時童心未泯，但學識淵博、深明通達的他，深謀遠慮起來，卻也無人能及。狐族極重情義、記恩仇。二戰末期，他受皇室之託，臨危受命地接下首相之位，便為東青丘奠定堅實的基礎，開創接下來數十年的盛世。

邱悟與邱灩一樣，對皇室、對東青丘都極為忠誠，所做的每個重大決定都是以其為出發點。但也因此無法放下國事，自身修行陷入瓶頸。否則依邱悟豁達的天性，早該成神了。

邱悟之所以這麼說，就是要動用皇室珍寶——藏經環。藏經環與藍采和的花籃有些相似，都是可以廣通萬界、萬物的法器。差別在於，藏經環必須要兩端都有，且會自動複製一模一樣的空間和物品。所以對於擁有藏經環的人來說，每次進出書庫都只有自己一方；想看什麼書，隨時都可以閱覽，不會有落空的時候。

若是動用藏經環環力，「共享」另一人的手臂給絨絨，便可達到兩個目的：

第一、時刻提醒絨絨和許樂天，東青丘給予的恩惠。

第二、藏經環屬於東青丘法寶，隨時可以收回。如果有一天她與東青丘為敵，東青丘便可藉此箝制、制衡她，讓她隨時失去左臂。如此一來，需要動用雙手結印的高深術法便無法施展。

另外，藏經環是皇室寶物，是權力的象徵。一般情況下，只有皇室重要成員、首相和將軍可以佩戴。若非沒有別的方法，邱悟也不會提這招。

邱灩揣思：看來邱悟已經認可了絨絨。又或許對許樂天很感興趣，想賣個人情給他。

想到這，邱灩對邱悟點頭，「我願意把我的左手分享給絨絨。」

邱悟說：「不愧是白子。聰明伶俐，一點就通。」

第二十二章 花海盡頭

第二十三章 東青丘

第二十四章 藏經環

第二十五章 繼承

第二十六章 滿月之下

翌日，一間寬敞的房間內，裝潢英式復古，牆面都是沉靜溫柔、帶點灰調的粉藍色，上頭有著簡單的幾何造型線板，木地板上鋪著一大席米色絨毛地毯。地毯上有著一大張雙人床，床的兩旁分別是一大片落地窗和淺灰色沙發區。陽光透過落地窗的白色薄紗簾進來，光線變得很柔和。室內有薰衣草和洋甘菊插花點綴，不時散發自然花香，烘托出放鬆、愉悅的氣氛。

雙人床中央躺著一個正在熟睡的美麗女孩。她的睫毛突然輕輕顫動幾下，接著睜開了雙眼。

絨絨一醒來便發現身處的環境很陌生。要不是因為她周圍有著一堆不明微型儀器，正用不同的光束掃視她，她很可能會以為自己身在某間飯店的高級套房。

「這是哪裡啊？」她推開棉被，一邊緩緩坐起身，一邊回想昏迷前發生的事，喃喃自語，「我到底轉生成功了沒？還是歷劫的過程只是一場夢？」

她的左臂有種異樣感和重量感，抬臂一看，赫然發現手上多了藏經環，而且每一圈都已經是金色的！代表她現在可以隨心所欲地瀏覽每一層書庫的書籍。

但也因此她發現——這隻手臂不是她的！

雖然她可以控制它，但它的外觀就不是她的左手。

眼前這隻手比較大，手指雖然也是細長，但指關節較突出，而且掌、臂上布滿各種繭和疤，肌肉也比較精實。與右手合在一起相比，差異更是明顯。

最重要的是，它散發著遠超過絨絨的力量。強大的仙力。

絨絨有些驚恐，「這到底是誰的手？為什麼會在我身上？」

「絨絨，妳醒了！」

她轉頭一看，許樂天正從廁所走出來，快跑過沙發區，一展雙臂將她攬進懷裡。

他輕撫她的秀髮，柔聲問：「怎麼樣？還有哪裡不舒服嗎？」

絨絨看向自己的左臂，「也不是不舒服，但是……」

此時邱灩突然現身在床尾，神情淡然，「妳醒了。」

「妳怎麼知道？」許樂天環顧房間一圈，「房間裡有監視器嗎？」

「是。」

「這裡是哪裡？」絨絨問他們。

「東青丘。」邱灩回她。

「東青丘！這裡就是東青丘？」絨絨睜大雙眼，不可思議地看了一圈，「我怎麼會在這？」

邱灩和許樂天將絨絨被帶進東青丘以後的經過告訴她，她才確定歷劫轉生一事不是夢。同時得知自己身上的傷都已被治癒，且被賦予藏經環，從此得以和邱灩共享左臂。

絨絨跪坐起來，抱住床尾的邱灩，由衷地對她道謝：「謝謝妳一路陪我上山，陪我歷劫，又送我進東青丘急救，現在還把自己的手分享給我。我們兩個扯平了。我再也不恨妳了。從今以後妳就是我的兄弟了。」

不習慣與人親密接觸的邱灩瞪大眼睛、聳起肩膀，渾身僵硬。她尷尬地拍了絨絨的背兩下，「快坐回床頭。不然生命偵測儀器多次掃不到妳，會發出警報。」

絨絨乖乖坐回去。她凝視自己的雙手一會，邱灩便似乎看出她的心思，隔空朝她左臂一揮，左臂頓時變得與原來相同，如此看來便不再那麼突兀。

邱灩說：「左臂有我的仙力在。」

絨絨眼睛一亮，「真的？那我也能操控水嗎？」

「不能。」

「喔。」

「但左臂有仙氣護體。如果發生危險，可以用左臂當盾、抵擋攻擊。」

許樂天立刻嚴肅地說：「我會保護絨絨的。」

邱灩翻了一圈白眼，顯然很不屑，馬上轉移話題：「妳不只可以透過藏經環用我的左手，也可以繼續修習每一位階對應的術法知識。」

絨絨一聽，立即掐訣開啟藏經環，熟悉的書庫躍然眼前。

許樂天看了一圈環型書架，驚嘆道：「全息投影。」

邱灩回他：「不只是投影。」她又對絨絨說，「我注意到妳能施『破霞階』，也就是第五階火術的『三昧真火』。但妳自己也注意到了，妳的綜合實力只到『薄雲階』，所以往往在施展三昧真火都很吃力、靈力也消耗得很快。再加上妳以前是半人半妖，靈魂和肉身不能完全相容的情況下，靈力消耗得更快。」

「原來是這樣。」接著絨絨忽然想到了什麼，「糟了！我現在徹底轉生成人，會不會失去原來的法力？」

邱灩耐心解釋：「妳的妖丹已經消失，自然也不會再有過去的法力。藏經環上顯示的是我的仙力。」

絨絨垂頭喪氣，「一切又得重頭開始了。」

「不見得。邱悟發現了一個漏洞，只要在徹底轉生後的七七四十九天內煉出金丹，妳轉生前的修行就能全部恢復，直接升到人間道的『滅道階』，也就是妖道的『薄雲階』。」

絨絨追問：「那我要怎麼樣在四十九天內煉出金丹？」

這時床尾的LCD電視突然一亮，顯示邱悟的身影。電視顯然被開啟了視訊通話功能。

他亮出幾本封面全白的祕笈，對絨絨說：「我們東青丘什麼法寶沒有？但是我有一個條件。」

絨絨和許樂天同時說：「什麼？」

「如果想得到豐富的修仙資源，就必須認祖歸宗。東青丘會給妳一個全新的身分。還有，妳必須與人世間的一切斷絕往來，重新開始。」邱悟頓了一下，又補充，「噢，不只是人，還有在外面認識的妖啊、鬼啊，也必須斷絕往來。神仙還可以，但不包括許樂天；斷情絕愛，才能潛心修行嘛。」

邱灩頻頻點頭，同意邱悟的話。

許樂天馬上看向絨絨，一副怕被拋棄、可憐兮兮的樣子。

沒想到，絨絨開口回邱悟的第一句話是：「你是誰？為什麼要聽你的？」

之後絨絨得知邱悟是東青丘首相，想都不想就拒絕邱悟開的條件，「不可能。許樂天、麗麗、獨眼……他們才是我的家人。有他們在，就算永遠都沒辦法回東青丘、沒辦法成仙也無所謂。」

她眼珠一轉又說：「我現在已經是『人』了，你們再也不能阻止我上陽明山了吧。」語氣還有些小小的得意。

邱灎訝然，「絨絨，妳想清楚再回答。妳的天資那麼高，明明就有機會成仙的。而且我們白子向來有野心抱負，我不相信妳會甘願當一個凡人。」

邱悟也沒料到絨絨會這麼乾脆地拒絕自己。他先是一愣，又語帶威脅地說：「要是妳不願意認祖歸宗、與外界斷絕往來，我就收回藏經環。」

沒想到，脾氣執拗的絨絨更是挺胸仰頭，直接對電視伸去左臂，「你收啊。怕你啊。」

邱悟錯愕地說不出話。

修仙祕笈和藏經環是多少人、妖、鬼夢寐以求的寶貝啊。他原以為讓絨絨嚐到甜頭以後，再用藏經環、修仙祕笈威脅她，她就會低頭臣服。豈料即便要她交回藏經環、終生獨臂，她也心意不改。

邱灎抿了抿嘴，有些難以啟齒地問絨絨：「如果……我們帶妳去見妳的親生爸媽呢？」用親人勒索、談條件實在不光彩、有違她的原則。但這也是她所能想到，可能留下絨絨的最後一招了。

絨絨有那麼一刻是猶豫的。但是一想到要與許樂天分開，她又難以承受。再說，現在見，又有什麼意義呢？知道了，又怎麼樣呢？

因此她還是搖頭拒絕。

邱灩深深嘆了一口氣，低聲說：「我原以為妳能有回到家鄉的一天。也曾經希望妳成仙後，能接任我將軍的位置。後繼有人，我就能潛心修行了。」語氣難掩失落。

電視中的邱悟，身邊突然多了一隻手，手指朝上地對邱悟招手。邱悟心不甘情不願地變出一條黃金、遞到那隻手上。

雖然鏡頭拍不到手的主人，但是邱灩從袖扣認出了他，「殿下這次賭的是什麼？」

岳鐸走到鏡頭前、站在邱悟身旁說：「當然是賭『絨絨不會答應』啊。」

邱悟搖了搖頭，「白子真不好控制啊。」接著又對絨絨說，「好啦，大年初一的，你們也該回去過年了。煉金丹的祕笈和法寶，邱灩會再拿給妳。」他揮揮手，「新年快樂啦。」

一時轉不過來的許樂天疑惑地問：「啊？那這藏經環？」

「既然殿下開口，那絨絨就留著吧。就當作是結緣。」邱悟話一說完，電視隨即一黑。

邱灩這才向絨絨解釋：她和許樂天屢次斬妖除魔的事蹟，贏得了東青丘的認可，東青丘更是有意接納絨絨，才會邀請她回歸家鄉。而邱悟則是應邱灩的請求和岳鐸的命令，做這番順水人情。

絨絨訝異不已，「岳鐸願意幫我？」

邱灩點點頭，「這次妳能順利搶救回來，殿下出了不少力。在妳醒來之前，我和殿下、首相開過會，最後殿下直接下令：不論妳是否答應認祖歸宗，都不會收回藏經環。並且至少要助妳修煉到人間道的『不滅階』，也就是妖道的『破霞階』。這麼一來，妳才有能力守護這個世界。」

當時岳鐸提出此項命令時，邱灩不免有些疑慮，「殿下這個決定……聽起來是感情用事？」

岳鐸那日被邱灩打醒後，成長了許多，不再是紈褲子弟的他，搖頭說：「我確實還是欣賞絨絨。但我身為皇室，做任何決策都應該以東青丘的福祉為優先考量。」他頓了一下，又命令，「還有，不准追究許樂天擅闖東青丘的罪。我雖然還是看他不順眼，但他和絨絨都是東青丘該拉攏的對象。這些人情，必須給。」

邱悟本就極欣賞許樂天，當即連連附和：「是啊是啊，少一個敵人，多一個朋友，多好。」

大年初一，臨近中午時分，邱灩送絨絨和許樂天重回到海芋田。

邱灩瞥見許樂天心事重重的臉，猜測他正在煩惱如何與家人解釋自己突然失蹤一事，便對他說：「昨天你進到東青丘以後，首相就馬上派人去你家人吃年夜飯的餐廳善後，他們不會記得你曾經消失過。我的其中一個部下留下來、施幻術扮演你，直到現在。」

果然許樂天是在煩惱這件事。他一聽，揪緊的眉頭先是一揚，接著便舒展開來。但他想了想又問：「那個……你的部下應該不認識我吧？他扮演我，會不會不像啊？」

「因為他比你聰明一百倍嗎？要是真的穿幫，他早就回報了。」邱灩沒好氣地說。

她接著轉頭看向絨絨，眼神和語氣都柔和很多，「就送你們到這裡。如果你們要搭公車下山的話，公車會在十分鐘後到站，別錯過了。」

臨別前，絨絨再次擁抱邱灩，「新年快樂。」

「新年快樂。」邱灩仍舊有些僵硬地拍拍絨絨的背，「陽明山的花海永遠歡迎妳來。」

第二十三章 東青丘

第二十四章 藏經環

第二十五章 繼承

第二十六章 滿月之下

儘管許樂天想要絨絨和他一起回去過年，但絨絨還是堅決不答應。他無奈之下，只好先回老家，讓東青丘派去扮演他的人有機會離開。

而絨絨在徹底轉生後，成為有靈異體質的人。她和獨眼、神木、紅面，去了傅蘞家找麗麗，和她一起過年。

大年初一的夜晚，台北的街頭略為清冷，但街上洋溢著輕鬆愉悅的氣息。路人們不如平常上班日般穿著正式、行色匆匆；而是閒庭信步，神態愜意中又帶有一絲喜悅。

傅蘞家位於大安區，台大校園附近的龍淵里，就在科技大樓後方巷弄一處老公寓頂樓。

他家雖然屋齡較老，但非常寬敞，光是室內坪數便超過六十坪。不僅陽台有玻璃溫室，幾乎全是木造的家中，各個角落也充滿植栽，像是住在一座花園裡。這樣略為潮濕、又帶有蟲子的環境對於一般人來說可能不適合居住，甚至是過夜。但對於居住在山區多年的絨絨和猴精們來說，再習慣不過。更何況猴精們現在定居的碧湖公園和大湖公園，比傅蘞家潮濕多了。

個性孤僻、獨鍾麗麗的傅蘞，雖然已經答應麗麗讓絨絨來他們家過年、小住幾天，但等到他們真的來家裡的時候，還是感到很困擾。

整頓飯吃下來，大家都有說有笑，就傅薮一個人始終沉默不語，不停地拉扯領口和袖口，不時看牆上的時鐘。

麗麗看得出來他的不自在和不耐煩，時不時幫他夾菜，又摸摸他的背、安撫他。

絨絨問麗麗：「你們家有多的枕頭、棉被嗎？」

麗麗是鬼，桌前的碗筷只是象徵意義，她只有吸食飯菜香而已。她知道絨絨喜歡吃雞肉，夾了一塊醉雞給絨絨，「有啊。但妳不是不怕冷嗎？」

「蓋被子睡覺比較舒服。我現在已經習慣睡覺蓋被子了。」

傅薮斜眼看向絨絨，陰陽怪氣地說：「那妳摘片姑婆芋蓋吧。」

「傅薮。」麗麗柔聲勸止他，又對絨絨說，「別理他。我晚點拿枕頭和被子給妳。」

絨絨對傅薮的態度不以為意，聳聳肩又問大家：「你們都知道我徹底轉生成人了吧，想不想知道我這次轉生發生的事啊？」她口氣難掩得意，「我當初可是一個人單槍匹馬、衝上陽明山轉生的喔。」

此話一出，整桌瞬間安靜。

絨絨反倒自己心虛地說：「好啦，其實我也不是真的都一個人。邱灩一路都保護著我。」

面色本就紅潤的紅面，臉頓時又更紅了，他撇撇嘴，「妳一定要在過年期間，提起這件傷心事嗎？」

絨絨訝然地問：「傷心事？」

神木道：「老大馬上就要死了！不行，我忍不住了！」講到這，一個激動，忽然噴淚、握緊雙拳哭了起來，「嗚哇啊啊啊啊——」

絨絨不解，「馬上？」

獨眼一臉沉重地說：「換算成人類的年齡，妳也已經二十幾了，可能只剩不到八十年可以活。妳……妳還有什麼事想做的，都說出來吧。」

神木大哭：「太可憐了！」

紅面也跟著哭喊：「天妒英才！」

絨絨傻眼之餘，麗麗則是神情凝重地嘆了一口氣，「這件事，我原本是想等過完年再說的，但既然妳現在提了……絨絨，妳怎麼沒事先告訴我們，就偷偷上陽明山呢？實在太危險了。萬一……」麗麗的眼眶也跟著紅了起來。

「我……」絨絨指著自己，難得語塞，不知該說什麼好。

傅蘝仍是神情淡漠。他夾了一口菜，邊吃邊說：「沒興趣，不想聽。」

「傅蘞。」麗麗再次制止他。

傅蘞看麗麗一臉泫然欲泣，也不再多說話。

此時的他還不知道，麗麗早在絨絨第二次轉生成功、擁有人身後，就做了一個重大的決定，並且著手安排了一些事。現在該是鼓起勇氣，踏出最後一步的時候了。

飯後，麗麗找機會將絨絨拉到一旁，悄聲說：「明天早上，能讓我附身在妳身上，回我家一趟嗎？」

「喔，好啊。」絨絨想都不想就答應，「現在是過年，妳一定更想家人了，對嗎？如果妳附身在我身上，就可以躲過門神和祖先了。但是妳要以什麼身分去見他們？妳不是怕他們知道妳已經去世、會傷心嗎？」

麗麗回以一個勉強的微笑，對絨絨說：「這個我自己有打算。不用為我擔心。」

大年初二的清晨六點多，冬天的天空還濛濛亮。

同樣位於龍淵里，距離傅蘞家不遠的另一棟老公寓中，毛麗麗的爸媽已經起床、正在梳洗。

他們習慣每天早起出門買菜，回家吃早點後才各自出門上班。儘管過年期間不會出門買菜，還是習慣早起。

麗麗附身在絨絨身上，來到公寓樓下，手懸在門鈴前一會，才按下電鈴。

毛母感到奇怪，這麼早，怎麼會有人按門鈴呢？

但她還是走到玄關，按下對講機鈕，與樓下通話：「哪位？」

樓下的絨絨說：「阿姨，不好意思，我是住你們樓上的。我忘了帶鑰匙，按家裡電鈴又沒人開。所以想麻煩妳，幫忙開一下樓下鐵門。謝謝妳。」

毛母心想：樓上人家確實有個女兒。前幾年結婚，搬出去住了。今天是初二，應該是回娘家吧。不過這麼早就回來，好像有些奇怪？該不會是和先生吵架了吧？

因此她猶豫了一會，才按下樓下鐵門開關。

沒想到沒過多久，毛家的電鈴就響起了。

毛母直覺就是剛才那個樓上鄰居的女兒，於是邊開內層的木門，邊對外說：「又怎麼啦？」

門外的年輕女人戴著毛帽、又戴著口罩，看不太清楚長相，但眉眼與她記憶中的樣子不符。

毛母尋思：奇怪，我怎麼記得他們的女兒是單眼皮？應該不會記錯啊。還是她去割雙眼皮了？

因為本來就不熟，又太久沒見到面，毛母也不是很確定。

女人隔著外層鐵門，開口說：「新年快樂。不好意思，打擾到你們。這是一點小心意，希望你們收下。」

毛母一眼就看出，那是毛爸最喜歡吃的那家花生糖，但還是不好意思地婉拒：「不用了啦。太客氣了。」

「我這次回來買了很多包，送你們一包。謝謝你們平常照顧我爸媽。」

「沒有沒有，別這麼說，不用這麼客氣。」毛母話雖如此，還是默默開了鐵門，將花生糖接了過來，又問她，「妳爸媽他們應該還沒起床吧？要不要進來坐一下？」

「好啊。謝謝妳。」女人很乾脆。

毛母招待她坐沙發後，便對正在房間內的毛爸喊著：「樓上鄰居來我們家坐一下。」

毛爸則回應：「這麼早啊！」

女人對毛母尷尬一笑，毛母比手勢示意她安心坐下。

待毛母端著熱茶來、坐定以後，女人深吸了一口氣，才開口：「其實，我不是住樓上鄰居的女兒，我是你們的女兒，麗麗。」

毛母愣了一下，接著神色大變，先是從沙發上跳起來、後退數步，口氣嚴厲地說：「妳怎麼可以對我開這種玩笑！妳到底是誰？不，我不管妳是誰，請妳現在立刻離開。不然我馬上報警。」

麗麗說：「我真的是你們的女兒。」

「我女兒長什麼樣子，我會認不出來嗎？」

「妳聽我說，我是附身在這個女生身上。」麗麗又說，「我刻意去買那家伴手禮，是因為爸爸愛吃那家的花生糖。但他不會直接吃，而是把它們冰過以後，用咖啡研磨機打碎，再加進熱牛奶裡喝。還有，我背包裡還有妳喜歡吃的那家牛肉乾。妳常在上面撒胡椒粉，再用生菜捲起來吃。」

毛母倒抽了一口氣，有點動搖，但仍抗拒地說：「不、不會的。我女兒沒有死，她只是失蹤了。」

麗麗又說出一件一件，只有家人之間才知道的小習慣或是祕密。毛母從一開始的憤怒、疑惑、吃驚到鼻酸泛淚。

這時毛爸也從房間走出來了。他一直看向麗麗、靜靜聽她說話，又不時看向毛母，心中有一部分已經相信眼前這個年輕的女人是被麗麗附身，但另一部分又不願意相信。

毛母何嘗不是如此。她的態度雖放緩和，但還是有些防備。她在一旁的單人座沙發坐下，輕輕搖頭說：「不、不會的……」

毛爸雙手搭上毛母的肩，也問麗麗：「什麼時候的事？妳什麼時候……走的？」

「二十四年前，就是我失蹤的時候。那個時候我上山去採集植物，結果……」

麗麗原想告訴他們實情，告訴他們自己被女鬼奪去肉身。但這中間發生的事情太多、太曲折離奇，她擔心她如果全說出來，他們反而會不信。

毛母催促：「結果什麼？」

「結果我失足掉到山溝裡。我摔得很重，當場就……」

毛爸說：「妳到底是去哪裡？妳常去的山裡，我和妳媽都跑過好幾遍。搜查隊、義工、妳學校同學，大家都找了好幾遍，但是都沒有找到妳。」

麗麗一想到爸媽心急如焚的樣子，忍不住紅了眼眶，「那是在北投的山區。那個山溝被很多樹枝、落葉遮住，我以前也沒發現。是後來摔下去的時候，才發現那裡有一道那麼深的溝。」

「那妳怎麼自己一個人上山？多危險啊。怎麼不找同學和妳一起去？」

毛爸在說話的時候，被附身的絨絨在內心小聲說：難怪麗麗那麼愛碎碎唸……她嘮叨的語氣跟她爸爸好像。

麗麗回道：「我想採集的植物，大家不是那麼感興趣。原本有幾個同學答應我，要陪我去。但到了出發那天，天氣不太好，所以他們就臨時取消了。我不想改變原訂計畫，所以就自己上山了。」

毛母又問：「如果那麼久以前就已經……不在了。妳怎麼現在才回來看我們？頭七那天不是應該會回來嗎？啊？」她說到這裡，幾乎泣不成聲，「妳不知道媽很想妳、很擔心妳嗎？我等妳等到頭髮都開始白了。」

毛母伸臂擁抱麗麗，麗麗也抱住她，流淚輕喚：「媽……」

「麗麗啊。我一直希望妳只是失蹤……可能失憶了，找不到回家的路。」她哽咽了一會又說，「我的女兒……終於回來了……」

一旁的毛爸抬起眼鏡，默默地擦了擦淚。

她們兩人擁抱了一會，毛母吸了吸鼻子，才又問麗麗：「這麼多年來，妳去了哪裡？過得好不好？」

麗麗淚眼汪汪，「我一直都在台北，只不過失去記憶了。等到恢復記憶以後，又怕回來看你們，你們知道我死了以後會很難過，所以……」

毛爸說：「那妳現在回來，我們就不難過？」

毛母瞪他一眼，示意他不要語帶刁難。毛爸嘆了一口氣又說：「我早叫妳不要念那個什麼森林系，老往山上跑。妳說妳當初要是念醫學系多好？」

「爸。」麗麗不滿，「你怎麼還在說這件事。」

她說話的語氣和眼神和她生前一模一樣。毛爸、毛母突然有一種「回到二十幾年前、自己的女兒依然安在、他們還會為了一些雞毛蒜皮的小事鬥嘴」的錯覺。

麗麗對他們說：「這次回來，有一件事要拜託你們幫忙。」

「什麼？」毛母說，「是不是要燒紙錢給妳？還是？」

「都不用。我在另一個世界過得很好，不用擔心。」麗麗說，「我知道這麼多年來，你們一直沒有向法院聲請死亡宣告。」她指著自己說，「『她』是我認識很多年，感情很好的妹妹。我想把我的身分給她。」

毛爸疑問：「為什麼？她難道沒有自己的身分？」

毛母也驚道：「她該不會是偷渡客吧？」

麗麗笑了出來，「當然不是。」接著她說出準備已久的說詞，「絨絨她……從小到大一直都被家暴，家人又跟黑道來往，國中以後就被逼著去打工、拿錢回家。中間也有報警過，但結果是被打得更慘。她畢業以後逃家，才擺脫他們。可是這麼多年來，她連生病都沒辦法看醫生，因為她怕一用到健保卡，家人就會查出她現在住的地方、找上門。所以我想幫她，讓她拿我的身分、重新生活。她也會代替我，照顧你們的。以後有機會，我也會回來看你們。」

毛父、毛母心生同情，猶豫了一會，毛母才說：「我們可以去警局辦撤銷手續，妳的身分可以給她。但是她必須改名。『麗麗』是我們的女兒，這點永遠不會改變，誰也沒辦法取代。」

麗麗又感到一陣鼻酸，她點頭說：「嗯。謝謝你們。」又說，「人鬼殊途，我不能待在你們身邊太久，不然會影響你們，也得趕快把身體還給絨絨了。」

毛母十分不捨，「這麼快？妳要走了？」

「我有機會再回來看你們。」

「有空常回來。」毛爸上前抱住麗麗說，「中午回來吃飯。」

他懷裡的麗麗忍不住破涕為笑。

離開毛家後，絨絨和麗麗走在路上。

兩人初時靜默無語，過了一會，絨絨才率先開口：「麗麗，謝謝妳，把身分讓給我。」

麗麗微微一笑，溫柔地說：「妳不也二話不說地把自己的身體借給我嗎？」

「那不一樣。妳那麼愛爸媽，卻得親口告訴他們自己已經去世的事……妳肯定也很難過吧。」

「其實讓他們知道，也許不是一件壞事。至少他們等待多年的問題有了答案。而我告訴他們以後，也有一種『鬆了一口氣』的感覺。」麗麗開玩笑，「比較可惜的是，妳現在開始是一個『四十三歲』的人了。」

「不會啊。有什麼好可惜的。」絨絨又問她，「現在可以告訴我，為什麼不想復活了嗎？」

麗麗停了下來，仰頭看向天空一會，視線落回前方，才又繼續往前進。

「我算是出生在醫生世家吧。從小，我爸媽就已經幫我安排好一切，連我未來的職業和夢想也一起定好了。每天的每個時段要做什麼，都是按表操課。

「後來，我如他們所願地考了好成績。家裡的長輩們理所當然地，認為我的志願就是要填醫學系。連學校的老師也都無一例外，認為我應該要填醫學系或其他熱門科系，而不是冷門的森林系。他們沒有人在乎我喜歡什麼、我想從事什麼職業。

「我瞞著爸媽改掉志願，最後成功上了森林系。他們知道後很生氣，一直要我轉系或重考，但我還是堅持讀下去，還不惜搬出去住宿舍，開始半工半讀。

「妳不知道，在我失蹤前，我已經很久沒和家裡聯絡了。」

絨絨聽到這裡，似乎有些明白了，「妳是擔心，如果復活，就又會回到以前那樣，家人還是會要妳按照他們的期待、要求生活？」

「對。還有社會的期待。我已經失蹤二十四年、與社會脫節二十四年，復活以後，我要做什麼？哪一間公司會僱用一個失蹤二十四年，履歷一片空白的人？我一個台大肄業、已經四十幾歲的人，如果還在超市打工，肯定會被周圍的人指指點點。」

「妳想太多了。我上次聽許樂天說，傅薇比他還有錢，而且他願意照顧妳。妳根本就不必工作啊。」

「但我的家人要如何接受我和一隻蛇妖在一起？一個永遠都不會老的妖怪？」

「傅蔽可以跟我一樣去轉生啊。我不是早就已經把戲月玦和年獸的牙齒給他了嗎？」

「千萬不要。如果他轉生失敗，我真的無法承受。就算他轉生成功了，又怎麼樣？我家人他們說不定還會嫌棄他不是醫生。」

「不會吧？」

「妳不懂。人活著就得承受各種目光、各種壓力。爬得越高，越是這樣。我活著的時候，那種壓力常常讓我感到窒息、喘不過氣。」

「那……」

「總之，我很喜歡現在的生活。只要做自己就好，而且想做什麼就做什麼。這種感覺，真的很棒。」

麗麗擔心傅蔽會阻止自己把身分給絨絨，又想徹底斷了他助自己復活的執念，便破釜沉舟地將自己的遺體偷偷火化。

絨絨才拿到骨灰罈，傅蔽便發現了。他將骨灰罈搶了過去，抱在懷裡，傷心地哭了一整夜，才沉沉睡去。

而麗麗的爸媽在刑警楊志剛的幫助下，順利撤銷失蹤人口，將身分給了絨絨。而絨絨也將姓名改成「毛絨絨」。

好不容易釋懷的傅薟取出部分骨灰，委託科技公司做成兩枚鑽石。原本是他和麗麗一人一顆，當定情物，他更是把自己那顆做成鑽戒，從此隨時佩戴。沒想到他有天下課回家，發現麗麗把她那顆鑽石轉送給許樂天了！

一問之下才知道，原來是許樂天來找麗麗，詢問她該如何求婚。麗麗給他建議的同時，也將鑽石送給他、要他做成鑽戒求婚，就當作是他們給兩人的祝福。

許樂天萬分感動地離開，傅薟卻氣炸了。

傅薟怒吼一聲，抓狂地說：「為什麼要給她鑽石？她憑什麼戴？她都已經搶走妳的身分了，現在連妳的骨灰也搶走！」

麗麗柔聲勸他：「你冷靜一點。不管是身分還是鑽石，都是我自己要送的。而且我現在是鬼。就算你把鑽石做成鑽戒，我也不能戴。不然大家看到一枚懸在空中的鑽戒，會被嚇到的。既然這樣，還不如送給絨絨。我是她的娘家人，送個嫁妝什麼的，很正常啊。」

「別人嚇到就嚇到，關我什麼事。我才不在乎。而且那是我們的定情物耶！」

「我們之間的感情不需要身外之物來定。而且等到我陽壽盡了，要到地府報到時，這些身外之物也帶不走。」麗麗說到這，突然上前摟住他，「就算沒有定情物，我投胎轉世後，我們也要再在一起。」

他感受到懷裡的她，知道她在撒嬌，頓時氣消了一大半，拿她一點辦法也沒有。

他只能抱著最後的希望，「許樂天最好求婚失敗，這樣我就可以名正言順地拿回鑽石了。」

「傅葳！」

第二十四章 藏經環

第二十五章 繼承

第二十六章 滿月之下

又到了春暖花開，海芋盛開的季節。

夜幕低垂，華燈初上，一列捷運甫駛離文湖線劍南路站。喧囂擁擠的捷運裡，許樂天所處的車廂中，有一個衣著破爛、喝得酩酊大醉、呈「大」字型躺在地上、任人踩踏的酒鬼。還有一顆飄在空中，披頭散髮、發青光的頭顱。她不停在人群中穿梭，貼著人們的臉，口中不停碎唸「一九二二」，顯然在找那年出生的替死鬼，令人毛骨悚然。

許樂天一如往常地假裝沒見到，也將自身的力量隱藏得很好。那酒鬼和女鬼，他從小見到大。而女鬼找到一九二二年出生者的機率也越來越低；近年的機率是趨近於零。不知道要到何年何月，女鬼才會意識到這點。

捷運在高架軌道上前進，窗外那亮著霓虹燈光的美麗華摩天輪一閃而過。此刻他的心思都在人生大事上。雖然他身上穿的是平常上班會穿的衣服，但今天他根本沒進公司，而是請了一整天的假，為今晚做準備。

他只希望待會給絨絨帶來的是驚喜，不是驚嚇。

絨絨和大家約好，以後每個月圓都聚餐一次。今晚，正是滿月。

當捷運停靠大湖公園站，許樂天擠下捷運，將手上提著的背包背起來，刷卡出站，踏著滿地的月光進入公園草地。

自從大湖凶靈滅去後，公園再也沒有以往的陰森恐怖，而是一片山清水麗、寧靜悠遠。即便是在夜晚，也有不少人會在此散步或運動。

許樂天熟門熟路地穿過一小片樹林，便看到湖邊的草地上，絨絨正與麗麗、傅薟、三隻猴精、豬哥、虎姑婆坐在好幾塊野餐墊上，一起分享各自帶來的美食；化身成兩、三歲孩童樣貌的小白菇和小綠芽則在他們之間玩鬧。

許樂天看著絨絨的背影微笑時，她心有靈犀地回頭看了一眼。一看見他，便對他微笑招手：「我留了一隻烤雞腿給你。快來啊。」

眾人有說有笑地吃了一會，羅震坤也來了。

這是他第一次參加妖鬼們的野餐。絨絨初時很是訝異，但她很快就發現，許樂天將羅震坤介紹給大家認識時，大家似乎並不意外。

她有些狐疑，正想找機會私底下問許樂天時，他忽然開口：「大家都吃得差不多了吧？」

大夥兒點點頭。虎姑婆變出了許多懸浮的玻璃球燈，羅震坤則拿出手機開始錄影。

絨絨正感到莫名其妙時，許樂天手中突然出現一束白色海芋花，並將花束遞給她。

她接過來後，問他：「為什麼突然送我花？」

他早就料到絨絨會這麼問，所以已準備好說詞：「海芋的花語有很多，其中一個是『純淨的愛』。」

絨絨以為他單純是要向自己示愛，回以一個甜笑，「喔，我也愛你啊。」

他接著說：「在遇到妳之前，我一直不知道人生有什麼意義，對於未來也沒有什麼想法。工作不是為了自己的興趣，只是為了讓生活稍微有個重心。每天都過著日復一日的生活，單調乏味又很無趣。我曾經以為，往後的人生也會是這樣渡過。」

這時猴精們開始在他們周圍撒起粉紅色的玫瑰花瓣。小白菇和小綠芽撿起落在地上的花瓣，學猴精們往空中拋撒，玩得不亦樂乎。

許樂天又繼續說：「妳就像是流星，點亮我的黑夜，給我帶來很多驚喜和快樂。遇見妳之後，生活再也不無聊了。一切都變得有意義。

「我們一起經歷風風雨雨，患難生死與共。如果可以，我希望我們再也不要分開。

「現在，我的人生夢想就是保護好妳、照顧好妳，每天準備好吃的東西，把妳餵得飽飽的。陪妳過每個節日，陪妳做妳想做的事，帶妳去世界各地看妳想看的風景。

「等到我們兩個頭髮都白了，我還是會每天煮妳喜歡的菜給妳吃，直到煮不動為止。」

豬哥突然一個躍起，雙手舉高的同時，天邊放起愛心型的煙花。

許樂天單膝跪地，變出鑽戒，對絨絨說：「妳願意給我機會，讓我實現夢想嗎？妳願意嫁給我嗎，絨絨？」

「咻碰——咻碰——」

煙火熄滅時，獨眼突然朝天空射出四十支飛刀，許樂天抓好時機在飛刀與飛刀之間產生電弧，將它們連成「ㄐㄧˋㄚㄍㄟˇㄨˇㄛ」三個注音拼成的字。

他原本是想用英文拼「Marry me」，但考量到絨絨英文不太好，所以才改注音拼字。

絨絨終於搞清楚狀況了。她睜大雙眼問他：「你是在跟我求婚嗎？」

他點點頭，神情忐忑，又問了一次：「妳願意嗎？」

她豪爽地伸出手，「當然好啊。」

許樂天一直到把鑽戒戴上她的無名指後，才終於鬆了一口氣，突然有種虛脫感。

羅震坤一個激動，上前抱住他最好的兄弟，高聲歡呼。熱情的豬哥也衝上來抱住許樂天。

相較與絨絨的淡定，麗麗的反應極為激動。她喜極而泣、淚流不止地對傅葳說：「絨絨要結婚了。」

旁邊的傅薇則雙手抱胸，臉臭得跟什麼一樣。他最後的希望也落空了。

絨絨見麗麗流淚，好奇地問：「妳哭什麼啊？」

麗麗抱住她說：「因為看到妳很幸福，所以很開心。」

此時，又有一列捷運停靠在大湖公園站。

捷運駛離時，站外多了一個穿著小西裝、眉清目秀的小男孩。

隔著一片樹林，虎姑婆的鼻子動了動，忽然看向捷運站說：「終於來了。」接著她對大家說，「我也邀了我的老朋友來野餐。」

那個小男孩正是芒神。他的真身是小雲豹。之前芒神為了嚇唬人，才刻意把自己變醜、變恐怖。他收到好友虎姑婆的邀請，所以特別盛裝打扮，抱著誠意想來加入他們。

另一邊，絨絨他們後方的樹林裡，有一個男孩正在樹上刻字。他刻到一半，便聽到媽媽在呼喚他。他咕噥一聲，不情不願地跑回去找媽媽。

媽媽一見到他便說：「你的額頭怎麼髒髒的？」再走近一看，頓時嚇得失聲尖叫。

男孩著急地摸自己的額頭，「怎麼了？我額頭上有什麼嗎？」

月光下，男孩的額頭上浮現幾個刻字：還記得我嗎？

——全書完

後記

因為住內湖的關係，每天出門就會看到文湖線捷運的高架軌道。猶如小丑魚之於海葵，我時常能感受到捷運與台北這座城市的共生關係。

而我過去一直都是搭捷運上學、上班，某種程度上，我和捷運也算是小丑魚之於海葵吧。

我常在通勤的時候睡著。睡著睡著就夢到許多光怪陸離的妖鬼和奇遇，因而在二〇一七年的一月初，開始在PTT Marvel板和自己的部落格連載《捷運百鬼夜行》。以「單元劇」的方式，每章寫一個妖鬼（偷偷說，男主角原先設定是一個熱愛動漫、日本文化的肥宅大叔，哈哈）。

有幸獲得了網友的好評和鼓勵，所以寫出了興趣。到後來還有捷運工作人員們留言表示很有共鳴，並且為我加油打氣，令我非常感動，所以才有動力一直持續創作下去。能與讀者即時互動，實在是網路作者的幸福啊。

感謝奇幻基地願意給我一個「重新」撰寫《捷運》故事的機會，新版的《怪奇捷運物語》與舊版截然不同，是個熱血昂揚、愛恨糾纏、因果交織的玄幻懸疑故事。

在這裡，我要說一個祕密：我對於奇幻基地有著特別的情感，因為我大學時第一次看艾西莫夫的《基地》系列，就是奇幻基地出版的。一看就驚為天人，從此一頭栽進科幻小說的浩瀚宇宙。可以說，奇幻基地開拓了我的視野、激發對科學的興趣，以及想像力的啟發。

而艾西莫夫也成為了我崇拜的文學巨擘之一。他的作品中有一部《夜幕低垂》，因此我特別在小說中的引子加入此書名，向其致敬：「每當夜幕低垂，華燈初上，喧囂擁擠的捷運裡，誰能肯定圍繞在身邊的都是人？」

一想到自己的故事可以和偶像同在奇幻基地出版，我就激動不已。

要是我的書有機會被擺在偶像的作品旁邊，四捨五入下來，我和艾西莫夫豈不成了鄰居嗎？呵呵……（癡漢傻笑）。

除了艾西莫夫，導演齊柏林也給了我無比的啟發與感動。

《看見台灣》讓我看見了這座島嶼的壯闊與哀愁。雖然他離開了，但是精神永存。深受紀錄片感動的我，決定藉由故事中的精怪反映生態永續的重要，並以此故事向他與所有環境保護、生態保育者致敬。

還有，由衷感謝奇幻基地的雪莉編和世國編，還有華星娛樂的良玉姊、Nicole、Liz和諸位夥伴們，在我創作的路上，不斷給我建議、鼓勵，為我解惑，讓我有明確方向可以不斷精進。有一種「越來越多夥伴一起搭上這班捷運，並肩踏上冒險」的感覺，很溫暖也很熱血。

最後，我要感謝的是閱讀這系列書的讀者朋友們。謝謝你們一起搭上這班捷運。

就如王爾德說的：「我們都生活在陰溝裡，但仍有人仰望星空。」（We are all in the gutter, but some of us are looking at the stars.）

大部分人的生活都是平淡乏味、日復一日，時常有層出不窮的困難，令我們委屈、悲傷、憤怒，甚至痛苦。然而，內心總有個聲音告訴自己、鼓舞自己：生活還是得過，再難都要咬牙堅持下去。

每當我開始創作，靈魂就彷彿進入一個個嶄新的異世界，以自己的書寫步調展開新的旅途與冒險，都能讓我暫時忘記生活中的困頓與不如意，並且從中得到勇氣與啟發。閱讀書籍亦是如此。

但願這個故事也能讓你暫時跳脫出生活，得到喘息與娛樂。

也祝福你讀畢後，能重燃希望與熱情，回歸生活時有勇氣仰頭面對挑戰、克服艱難；望著遠方星空，繼續前行。

二〇二二年初，冬

芙蘿

國家圖書館出版品預行編目資料

怪奇捷運物語 3：麒麟破繭 / 芙蘿著 —初版—
台北市：奇幻基地出版；家庭傳媒城邦分公司
發行；2022.5（民 111.5）
面：公分 . –（境外之城：132）
ISBN 978-626-7094-33-4（平裝）

863.57 111003180

ISBN 978-626-7094-33-4

Printed in Taiwan.

※ 本故事內容純屬虛構，如有雷同，純屬巧合。

境外之城 132
怪奇捷運物語 3：麒麟破繭（完結篇）

作　　者／芙蘿
企畫選書人／張世國
責 任 編 輯／張世國、王雪莉
發　行　人／何飛鵬
總　編　輯／王雪莉
業 務 經 理／李振東
行 銷 企 劃／陳姿億
資深版權專員／許儀盈
版權行政暨數位業務專員／陳玉鈴
法 律 顧 問／元禾法律事務所　王子文律師
出版／奇幻基地出版
城邦文化事業股份有限公司
台北市 104 民生東路二段 141 號 8 樓
電話：(02)25007008　傳真：(02)25027676
網址：www.ffoundation.com.tw
e-mail：ffoundation@cite.com.tw
發行／英屬蓋曼群島商家庭傳媒股份有限公司城邦分公司
台北市 104 民生東路二段 141 號11 樓
書虫客服服務專線：(02)25007718・(02)25007719
24 小時傳真服務：(02)25170999・(02)25001991
服務時間：週一至週五09:30-12:00・13:30-17:00
郵撥帳號：19863813　戶名：書虫股份有限公司
讀者服務信箱 E-mail：service@readingclub.com.tw
歡迎光臨城邦讀書花園 網址：www.cite.com.tw
香港發行所／城邦（香港）出版集團有限公司
香港灣仔駱克道 193 號東超商業中心 1 樓
電話：(852) 2508-6231 傳真：(852) 2578-9337
馬新發行所／城邦（馬新）出版集團
【Cite(M)Sdn. Bhd.(458372U)】
11, Jalan 30D/146, Desa Tasik,
Sungai Besi, 57000 Kuala Lumpur, Malaysia.
電話：(603) 90578822　傳真：(603) 90576622

封面書衣插畫 / Blaze Wu
封面版型設計 / Snow Vega
排　　版 / 邵麗如
印　　刷 / 高典印刷有限公司
■2022 年（民 111）5 月3 日初版一刷

售價 / 360元

廣　告　回　函
北區郵政管理登記證
台北廣字第000791號
郵資已付，免貼郵票

104台北市民生東路二段141號11樓

英屬蓋曼群島商家庭傳媒股份有限公司城邦分公司 收

請沿虛線對摺，謝謝

奇幻基地

每個人都有一本奇幻文學的啓蒙書

奇幻基地粉絲團：http://www.facebook.com/ffoundation

書號：1HO132　　書名：怪奇捷運物語 3：麒麟破繭（完結篇）

請於此處用膠水黏貼

讀者回函卡

謝謝您購買我們出版的書籍！請費心填寫此回函卡，我們將不定期寄上城邦集團最新的出版訊息。亦可掃描QR CODE，填寫電子版回函卡

姓名：＿＿＿＿＿＿＿＿＿＿＿＿

性別：□男　□女

生日：西元＿＿＿＿年＿＿＿＿月＿＿＿＿日

地址：＿＿＿＿＿＿＿＿＿＿＿＿

聯絡電話：＿＿＿＿＿＿　傳真：＿＿＿＿＿＿

E-mail：＿＿＿＿＿＿＿＿＿＿＿＿

職業：□1.學生 □2.軍公教 □3.服務 □4.金融 □5.製造 □6.資訊

□7.傳播 □8.自由業 □9.農漁牧 □10.家管 □11.退休

□12.其他＿＿＿＿＿＿

您從何種方式得知本書消息？

□1.書店 □2.網路 □3.報紙 □4.雜誌 □5.廣播 □6.電視

□7.親友推薦 □8.其他＿＿＿＿＿＿

您通常以何種方式購書？

□1.書店 □2.網路 □3.傳真訂購 □4.郵局劃撥 □5.其他＿＿＿＿

您喜歡閱讀哪些類別的書籍？

□1.財經商業 □2.自然科學 □3.歷史 □4.法律 □5.文學

□6.休閒旅遊 □7.小說 □8.人物傳記 □9.生活、勵志

□10.其他＿＿＿＿＿＿

請於此處用膠水黏貼